Le Scarpe Al Sole : Cronaca Di Gaie E Di Tristi Avventure D'alpini, Di Muli E Di Vino

Monelli, Paolo, 1891-

PAOLO MONELLI

LE SCARPE AL SOLE

CRONACA DI GAIE E DI TRISTI AVVENTURE

D'ALPINI, DI MULI E DI VINO

BOLOGNA

L. CAPPELLI - EDITORE

1921

PAOLO MONELLI

LE SCARPE AL SOLE

CRONACA DI GAIE E DI TRISTI AVVENTURE

D'ALPINI, DI ·MULI E DI VINO

BOLOGNA

L. CAPPELLI - EDITORE

1921

Bologna - Stabilimenti Poligrafici Riuniti - VII-1921

ALLA MEMORIA DEL CAPITANO ENRICO BUSA
CADUTO A CASTELGOMBERTO IL 4 DICEMBRE 1917 -
DEL SOLDATO VIGILIO LOAT CADUTO ALL'OR-
TIGARA IL 20 GIUGNO 1917 - DI TUTTI I BUONI
ALPINI MORTI COMBATTENDO DAL TONALE AGLI
ALTIPIANI DAL MONTE SANTO AL GRAPPA

Nel gergo degli alpini mettere le scarpe al sole significa morire in combattimento. Veramente non di soli caduti è il discorso, in questa mia cronaca di guerra. Molti siamo tornati, abbiamo ripreso a camminare per le vie del mondo, già ascoltiamo il richiamo di altre lotte. Ma sono lotte nuove, per idee differenti: e noi pure siamo nuovi, rinati dalle rovine di un passato morto i cui solchi incancellabili restano in noi simili alle trincee abbandonate sulle creste dei monti ridivenuti soli. Quello che portammo di nostro alla guerra non lo riportammo indietro, più: fu veramente una vita che ci fu tolta come la pallottola la tolse ai mille compagni segnati di fiamme o di mostrine al colletto. La nostra giovinezza più ingenua e più prodiga ha messo anch'essa le scarpe al sole, sulle ultime roccie riprese al nemico, gli ultimi giorni d'un tempo che due anni di distanza hanno favolosamente slontanato.

Il manoscritto era compiuto da un pezzo: ma gli

accorti editori me lo rifiutarono, or è già più di un anno, perchè era passato di moda; perchè pareva ormai cattivo gusto occuparsi ancora dei vivi e dei morti che ubbidirono ad un ordine di olocausto. Parrà ancora oggi così, che un rinato spirito giovane per le piazze e le campagne ricanta le canzoni della nostra vigilia e della nostra passione?

Sono certo che no. Ad ogni modo questo mio piccolo volume non vuole essere diana di battaglia o barometro dei tempi nuovi. Ci deve essere ancora qualcuno, smarrito nel grigiore della vita borghese o eremita a qualche valico alpino, che visse questi umili anni di guerra senza bagliori e senza gloria, e ne ha ancora il cuore grave di nostalgia. A lui offro questo mio libro, alla buona, come si offriva allora il viatico del vino e delle canzoni all'ospite improvviso delle nostre mense cordiali.

Berlino, Febbraio 1921.

PARTE PRIMA

"Aber zum Teufel, warum sitzt Ihr denn dann im Sattel und reitet durch dieses giftige Land den türkischen Hunden entgegen? Der Marquis lachelt Um wiederzukehren ,,.

(CORNETS CHRISTOPH RILKE, *Die Weise von Liebe und Tod*).

è

Esame di coscienza.

Ho sradicato l'anima ciondolona dalle vigliaccherie mattutine del letto, me la staffilo santamente secondo il consiglio di Santo Cherubino. Che orgoglio fino ad ora il mio, della penna d'aquila e del destino di portarla alla buona guerra, se m'indugiavo nelle blandizie della retrovia? Ora nel mattino freddo parto per il battaglione. Cercherò negli occhi dei colleghi che mi hanno preceduto, dei soldati che mi saranno affidati che cosa vi segni l'avere indugiato ai confini della vita, ed esserne ritornati. E notomizzerò il mio cuore, per sapere con che purità si prepari all'olocausto

All'olocausto non ci credeva essa, iersera, che pianse con i suoi occhi bugiardi per la mia partenza. Anzi mi raccomandò di dedicarle la mia prima licenza, e di non tradirla lassù.

Ma lo teme un poco la vecia Vendramin, che dei suoi pensionanti già alcuni ha saputi morti nella guerra

dell'alpe. Questa è la vecia Vendramin, che da tren-
t'anni è pietosa di cure e di cibi agli ufficiali alpini
della guarnigione di Feltre, dai tempi in cui la parona
era una bella fanciulla assai corteggiata dai sottotenenti d'allora. Ahimè, oggi quei sottotenenti sono maggiori e colonnelli, la pancetta e gli occhiali : per alcuni
ci si tocca le stellette. E la parona è diventata una
vecchietta linda e moralista, che fa le prediche ai
più giovani quando rincasano tardi la notte, e si circonda d'ancelle abbastanza unte per essere rispettate,
per quanto abbastanza naticute per essere pizzicate.
Non saranno le tue ancelle che mi turberanno la vigilia
di guerra, parona. Ma saranno le tue enormi cotolette
che rimpiangerò, le notti di cinghia dei pantaloni per
tutto ristoro. E che ne faremo del poema che ti vole-
vamo dedicare, scritto in latino perchè anche i preti
potessero leggerlo ? « Sunti ibi patellae paronaque in
uncta culina - Et super mea stat cotoletta focum ». A
migliori tempi, parona : intanto porta del vino, perchè
parto per il battaglione.

E la parona mi ha dato del vino, ed in fondo alla
bottiglia ho cercato la nuda verità. Esame di coscienza.

Tedio della mia vuota vita di pace, allettamento
del bel giuoco rischioso sulle cime, non potere soffrire di non esser stato dove altri racconterà di avere
vissuto — o semplicemente un buono umile amor di
patria mi trascina con tanto avido consentimento alla
vita di guerra ?

Attristire l'anima nello studio muffoso, parlare attraverso gli sportelli agli usceri tabaccosi, ritagliare

filosofia dozzinale nell'angolo del caffè, trepestare coc-
ciutamente la via della carriera e attento a non perdere
un minuto se no il collega ti passa davanti, fare l'amore
al sabato sera, perchè domani domenica si può stare
a letto di più — oh che buona ventata la guerra su
tutto questo ciarpame, e che ridere vedere che il collega tenace s'è affaticato invano a prenderti il posto!
(Adesso però lui è in sanità e campando la pelle
tiene a bada gli affari).

Per questo, forse. E per questo lievito di giovinezza che ci fa danzare sul filo del rischio con ebbrezza acuta, per cui una fede ci piace se ardua ed
un compito ci appassiona se minaccevole, per amare di
più geloso amore la vita scampandola dal combattimento come di più geloso amore l'amai riportandola
intatta dall'insidia delle montagne, quando — studente
in bolletta — una cima ritrosa era il termine del desiderio ?

E come in quel tempo le sveglie antelucane bat-
tenti alle finestrelle dei rifugi mi trascinavano riluttante fuori nella montagna ancora notturna, e vigliaccherie ciondolavano nel corpo stracco nelle gambe
stronche e propositi di rinuncia tentavano il cuore, così
stamane nel letto alla sveglia, e pensando che debbo
dunque partire per la guerra, mi prese una viltà improvvisa. Mi parve d'essere l'ubriaco che nell'ebbrezza
s'assume un rischio enorme e lo considera, sbigottito,
il giorno dopo, che i fumi gli sono passati. Mi colse
un terrore minuzioso che mi descriveva con esattezza
il pericolo della morte, l'angoscia delle marce, il di-

sagio delle pioggie, le veglie esasperanti, i sonni brevi
e contesi. Ed il letto in cui mi rannicchiava mi parve
una divina cosa che avrei perduta per sempre.

La mattina fredda polisce l'anima. Nelle conche
dei pascoli le case rosse a sgrondo si stringono sotto
gli esili campanili gotici. Una stupefazione di pace
(gli uomini sono alla guerra in Galizia, o son morti;
le donne salutano con sorriso umile i conquistatori,
attendendo ai lavori dei campi). In fondo, candide, le
Dolomiti rigate da lunghe nuvole come rigati i tuoi
occhi da lunghe assenze, Heliodora.

Bè, non pensiamo più ad Heliodora che ora sbar-
rerà gli occhioni più azzurri del solito dalla finestrella
fiorita di geranii sul chiaro mattino delle sue montagne.
E non indaghiamo troppo il fondo della coscienza
rattrappita. E sacrifichiamo a questa bella avventura
l'ultima reminiscenza dei libri chiusi per sempre.

« Domanda il piccolo marchese:

— Voi siete molto giovane, non è vero ?

E il signore Di Langenau, un pò con tristezza ed
un pò con orgoglio:

— Diciott'anni.

E poi tacciono.

Chiede più tardi il francese:

— Avete anche Voi l'innamorata a casa, signor
Junker ?

— E Voi ? — ribatte Di Langenau.

— Essa è bionda come Voi.

E tacciono di nuovo, finchè il tedesco grida:

— Ma, allora, per il diavolo, perchè siete dunque

qui in sella con noi e cavalcate incontro ai turchi cani attraverso questa terra maledetta ?

E il Marchese sorride :

— Per ritornare ».

Via tutto questo bagaglio sentimentale, per seguire con leggerezza il destino verso le vie nuove, le minaccie sconosciute ! C'è nell'alito della mattina un senso voluttuoso di vuoto — orgoglio della giovinezza sana — trepida attesa — romantico amore presentito già altri anni perseguendo con corda e piccozza i confini. E inespressi proponimenti di sacrificio e d'umiliazione gonfiano il mio presuntuoso cuore nel viaggio verso la prima linea.

Che è poi la seconda. Perchè trovo il battaglione a riposo.

Ma questi alpini che si dondolano per le vie del paese sono diversi da quelli che ho lasciato al Deposito. E quando entro nella cameruccia fumosa di pipa, ed attorno al tavolinetto vedo le barbe argute del maggiore e del capitano medico, ed ecco il maggiore si alza e dice bonario e semplice le parole del benvenuto, e la tazza di vino tocca in giro le tazze dei nuovi colleghi, ho l'impressione di essere fra uomini nuovi, fra uomini, veramente. Che hanno veduto il confine della vita e ne sono ritornati.

E il capitano mi dice :

— Lei deve fare tre cose. Tagliarsi i capelli, lasciarsi crescere la barba, e mettersi a bere vino.

————

Bieno, Novembre.

Piccoli bimbi buffi vengono con un gamellino a prendere gli avanzi del rancio. Attendono quieti, e quando gli hanno avuti s'allontanano traballando. I vecchi rancieri sorridono sotto i baffi già grigi, con accorata bontà, pensando forse ai loro bimbi lontani che hanno il papà alla guerra.

Ad una ad una le mogli dei soldati vengono a trovarli dai paesi di tutto il feltrino, a piedi per la montagna, oltre l'antico confine. Stasera è arrivata la moglie di Gallina. Il soldato viene con la faccia furba a chiedere il permesso al tenente, la donna cerca il letto in una casa del luogo. E stanotte si scuoteranno santamente il pelliccione. Non vieni tu, bambina, a portarmi il dono del tuo corpicciuolo mandrillo. E tuffo il viso e il desiderio nel fazzolettino verde ancora pregno del tuo profumo.

Ma che assassino, quel Gallina! Per piacere alla so fèmena s'è tagliata la barba e adesso è brutto brutto con quei baffoni senza piedestallo ed i giovani del plotone lo canzonano.

Fàoro da Lamon, interrogato che mestiere faceva da borghese, risponde:

— Paravo su le bestie.

— Tu, da Lamon? Vuoi dire che facevi il contrabbandiere.

— Eh, lu sa ben, sior tenente.

E allora Fàoro si sbottona, buon soldato, occhi da gatto, che a Col San Giovanni andò da solo alla baionetta contro quattro bavaresi, e due fece fuggire, uno accoppò, uno acchiappò prigioniero.

— Sior tenente — dice stasera in tono sconsolato il contrabbandiere — se fa la guera per slargar el confin, e mi perdo el mestier.

———

Si parte. Pioggia, snebbiarsi lento del cielo uguale. Poi neve. Nel bosco incappucciato di bianco, attraverso viali come di ville dignitose. Il crepuscolo attinge luce più morbida dal suolo: gli alberi sono natalizii, e le baracche confitte nel suolo — dalle finestrelle si irradia la luce sulla neve — sono presepi tiepidi Attirano con dolcezza di meta. Si pensa che giacere sulla paglia asciutta, fiutare il tanfo sano dei vicini che russano, indulgere all'irrequieta passeggiata dei pidocchi siano le più desiderabili cose. Ma si continua a marciare.

Ed ecco vien fuori la luna a giuocare a rimpiattino con i gravi abeti infarinati. Essa veniva nel viale degli abeti, la luna passata, ed i suoi denti di tigretta brillavano per il piacere. Forse stanotte, al di là della linea delle vedette, ci scontreremo con il nemico; forse essa a questa luna mi mette le corna. Amen.

Questo scenario di neve alta ed intatta non m'è nuovo. Molle sordina di bianco sul gemere dei torrenti sul frusciare degli abeti. Il vento non ha voce, spol-

vera i rami carichi, veli d'argento luccicano contro
il sole, valanghette di neve scivolano mute provocate
dal passo senza suono. Ma c'è là in fondo un martellare ritmico che giunge puro su tutta la calma del
vallone, urto di palle frequenti su un bigliardo di
cristallo, riborbottato dai monti in cerchio, e lo crede-
resti un lavoro di legnaiuolo, se i tuoi arnesi di guerra
non ti dicessero altra cosa. Fucilate, dunque. Ma sono
così lontane e s'incesellano così nette nell'aria fredda
che non dicono nulla al cuore (sarà D'Incà con la sua
pattuglia di punta che ha trovato i tedeschi alla malga).

La guerra non m'ha toccato ancora.

———

Natale 1915.

Stavolta si fiuta un'azione per aria.

Grande sussurro, alla mensa, fra il maggiore ed
il capitano. Poi è venuto quello della 264ª, hanno
tenuto rapporto, noi subalterni siamo stati mandati
a contemplare le stelle. Siamo andati all'osteria, invece,
a salutare Maria la bionda e Giuseppa la bruna, ed a
bere un chiaretto di Salorno che ferrava gli spiriti per
la festa di domani.

Un po' d'orgasmo. Che si farà? Dove andremo?
Gli occhi luccicano, l'impazienza apre un vuoto nel
corpo. Garbari dice: — Panarotta — la montagna
che ruzzola ogni sera le sue cannonate sulla valle.

Ed ecco, sono venute le istruzioni del capitano.

Poi, a mezzanotte, partenza. Nel paese immerso nella chiarità lunare il groviglio, l'affaccendarsi dei conducenti, dei muli, dei soldati, casse di cottura e casse di cartucce. Battere di chiodi sul gelo. Pallore di stelle.

E cammino come assorto per le strade lunari, pensando con ritegno alla dolce casa lontana, alla felicità di raccontare nel futuro la gesta che vivo. I soldati marciano taciturni: solo qualche bestemmia, qualche dialogo sommesso punteggiato di ostie. E la gavetta che suona e il fucile del vicino sono la sola preoccupazione.

Si arriva — marcia forzata, sei ore senza un alt — in una valle ove non batte sole, chiusa da alte giogaie nevose. Vigilia di combattimento in un rigore di cielo e di gelo. Si accantona in ville saccheggiate. I buffi mobiletti di vimini rossi divertono i soldati; le lettere d'amore della castellana divertono i signori ufficiali. Io ho una casetta bianca, una cameretta rococò, specchio ovale, divano basso. Ma un trepestio continuo di soldati su e giù per le scale di legno impedisce il sonno.

Stanotte attaccheremo una posizione che non abbiamo mai veduta, a cui dovremo giungere per un intrico sconosciuto di boschi. Si cerca di orientarci sulla carta topografica, ma — ci avverte benigno un collega d'un reparto di fanteria che è lì e che conosce bene il posto (e allora perchè non ci vanno loro a prenderlo?), ci avverte — la carta ha più errori che segni. Mah! speriamo nel fiuto, e non critichiamo al primo combattimento i superiori. Cerchiamo piuttosto di seguire

il cantare dondolante che fa il plotone, installato con
garbo nella villetta rossa:

Me ne andavo per fare un'azion,
Sempre allegri e mai passion!

E ripartiamo, alle nove di sera, fuor degli avamposti, sotto una broccatura lucida di stelle. « A mezzanotte nascerà la luna ».

A mezzanotte è nata la luna. Il bosco fitto nel
quale marciamo cauti (il cricchiolìo sul gelo è molti-
plicato nell'ansia) s'anima romanticamente d'ombre e
di luci soavi. Una lenta corrente di nostalgia attenua
i sensi. Pigrizia d'un letto in una camera lontana,
essere una chiocciola per rannicchiarsi nella casa se-
guace e dormire... E poi che fame, e che freddo!
Ta-pun. Allarme.

Gelo improvviso, cuore che si smaglia. La prima
fucilata di guerra: l'avvertimento che la macchina è
in moto e ti ha preso dentro inesorabilmente. Ci sei.
Non ne uscirai più. Non ci credevi forse ancora, fino
a ieri, giocavi con la posta della tua vita come con
la certezza di poterla ritirare, parlavi facile d'eroismi
e di sacrifici che non conoscevi. Ci sei, adesso. Il
destino tien giuoco. Alba livida di sfondo allo sbi-
gottimento, desiderî impossibili, ma gli altri che cosa
pensano?

Zanella non ha più la sua faccia impassibile:
c'è come un fuoco interno d'ilarità che gli si irradia
sopra, ha fiutato la cacciagione, dice:

— Ocio là do che scampa!

E spara due fucilate laggiù, sulla radura del bosco.

Allora qualche cosa si stacca da me, più nulla di quell'angoscia, e sono freddo e lucido come davanti ad una esercitazione di piazza d'armi.

Dov'è il nemico? Alba di sonno. Combattimenti di pattuglie per il bosco snervano, nell'attesa. Il tenente Frescura arriva di corsa, rosso, allegro, con quattro uomini: e reca un ordine e scompare a destra, ed ecco un crepitio di fucilate, e un ferito che si lamenta, e il giorno pigro che sale dietro il bosco, e nulla da fare, ancora. Ecco il rancio, terzo plotone

Mitragliatrici. Frastuono più vicino. Feriti leggeri che rientrano a piedi.

— Ostia, no se magna no il rancio. Ne toca d'andar drento anca a nualtri.

Si entra nella battaglia. Squadre affiancate, avanti.

È la morte questa ridda di suoni urlanti e fischianti, e i rami stroncati del bosco, e il lungo cigolio delle granate nel cielo? Serenità.

Quando poi rientriamo un po' storditi e gli uomini sono contenti perchè riportano la pelle a casa, e in me è l'ilarità leggera del battesimo del fuoco, il maggiore che non ce ne ha colpa, e ce lo vedemmo sempre davanti agli occhi, e se non ha preso una schioppettata è perchè c'è un Dio per i buoni maggiori coraggiosi,

lui si prende una pipa dal comandante della divisione
che ci accoglie al varco dei reticolati, duro gelido
ostile. Dice che siamo morti in troppo pochi. Dice
che la posizione si doveva prendere. Dice che è fa-
cilissimo trovarla, perfino sulla carta (e consulta quella
carta che ha più sbagli che segni). Ma dimentica di
dire che di notte non ci si vede e che aveva mandato
a cercare un cucuzzoletto fra altri mille un battaglione
che in quei posti non aveva fatta mai una pattuglia.
A questo non pensa, chè avrebbe da recitare il mea
culpa. Sul sentiero sta rigido, aggrottato, ad osservare
il nostro passaggio. Poi un rombare di motore, stravac-
cato nell'auto rientra al suo castello. Faccia presto,
che l'artiglieria nemica comincia a frugare anche qui,
e non è posto per lui, questo. Io faccio stendere il
saccopelo sul divanetto basso nella saletta rococò. Dal
soffitto sfondato occhieggiano le stelle.

Cambio da un battaglione di fanteria. Gli alpini
hanno deposto gli zaini sul lato della strada. Viene
il buon fante, a prova, e sperimenta il peso dello
zaino alpino con suoi gesti di meraviglia. Chiama, il
compagno accorre, prova anche lui e stupisce. Commenti
a bassa voce. Anche la grandezza della gavetta li sbi-
gottisce. Sull'altro lato della strada l'alpino, taciturno,
guarda e non parla, appoggiato al bastone, « a guisa
di leon quando si posa ».

Capodanno 1916.

Buon augurio, la mattina, usciti dagli avamposti per la ricognizione, vedere di tra il nero degli abeti il rosso delle nevi sulle montagne che chiudono Trento.

Andiamo a cercare il ferito che ieri la pattuglia di Porro ha dovuto abbandonare : una scarica improvvisa del nemico in imboscata, due morti subito, un altro con la gamba rotta, i tre rimasti sani ridotti a cavarsela alla meglio. Ma De Cet che aveva finto d'esser morto, ed era rimasto immobile lungo tempo, è rientrato alla sera a Malga Puisle, e ha raccontato che sotto a lui un cento metri c'era ancora il ferito che gli austriaci non han portato via.

L'ho trovato stamattina, De Cet, che dormiva ancora : mi son fatto dire da lui come è andata la storia, me la racconta con poche parole, senza muoversi dal suo angolo, e finisco col dirgli di venire di pattuglia con me per mostrarmi il posto

Rimescolio nella paglia, e una voce crucciosa borbotta :

— Che ciavada !

———————

Nella villa conquistata e saccheggiata, ci si prepara un delizioso *home*. Il tè nelle tazze, il romanzo francese. Ma a due passi sono le piccole guardie, e se il Panarotta volesse spedirci un gingillo !

Pigrizia di cercare parole nuove, imagini nuove per questa sera calma: nuvole rosse sul sereno tenero, crudezza di neve sul caldo delle rocce, appuntarsi snello delle cime verso quelle nuvole: e le voci dei soldati, e un rombare paterno di cannonate su Borgo, e un indefinibile senso di attesa negli uomini e nelle cose.

Un romanzo di Bourget, una tazza di tè nel salottino sgangherato ma tiepido per la grande stufa di porcellana, e un'adunata di pidocchi sul corpo.

———

Il bombardamento si sferra sulla cittadina linda, tutta rabbrividita nel vento freddo e nel sole. Grandi nuvole indifferenti per il cielo leggero, variopinta novità delle montagne. Ed ecco la granata incrina il cielo, scoppia, ferisce e lorda.

———

A tavola nei bicchieri nitidi lampi di sole e biondo di vino. Si narrano le conquiste fra le donne della città coraggiosa, che continua a vivere una vita quasi normale sotto le cannonate, a due passi dalle piccole guardie. Una vita assurda, anche. Il passeggio. Ufficiali in diagonale, soldati in libera uscita. Dal caffè al piccolo posto, cinque minuti di strada. E davanti al caffè passa il collega lacero che viene dalla ricognizione, con i suoi feriti, con un prigioniero. Poi comincia il Panarotta a sparare; tetti sfondati: bisogna scendere di un piano.

E tutto, donne vino guerra immersi nel sole tiepido che diffonde blandi stordimenti sulle montagne lucide, trema trepido nella chiara corrente del fiume, fa allegri i combattimenti nella vallata sonora.

———

Stanotte siamo andati a sgombrare una casa cinquecento metri fuori delle linee, dove erano rimasti i borghesi. La conosco bene, la casa. Ieri mattina che su Borgo il Panarotta sgranava i suoi mòccoli, e su per la valle, verso Novaledo, tempestava il combattimento della 64ª che faceva una ricognizione in forze, io ebbi l'ordine di uscire per garantire che qualche brutta sorpresa non scendesse da Sant'Osvaldo sul tergo della compagnia. Appostato dietro un muretto, ecco che nel campo del binocolo vedo la casetta, sull'aia davanti quattro bimbi giocare a giro tondo, e la mamma alla finestra stendere al sole tiepido i panni lavati. Indifferenti, i bimbi, al fragore della fucileria, alle scìe delle granate che incrinavano il cielo. e questa che per noi era guerra combattuta e suscitatrice di sensazioni violente pareva fosse per essi un rombare di temporale lontano.

I bimbi giocavano. Ma la visione della guerra la porteranno come balenò, truce, negli occhi risvegliati bruscamente dal sonno, stanotte che siamo andati a portarli via con la mamma dalla loro casa; sentinella sulla porta, affrettati sussurri, armi luccicanti al guizzo

delle lanterne cieche, disperato raffazzonare che faceva
la mamma, piangendo, delle cose più care.

———

Le sere che si rientra dal servizio d'avamposti, e
la colonna slitta giù per il gelo della mulattiera, quando
sulla montagna nera la luna danza con veli di ghiaccio,
Loat della mitraglia intona, a bassa voce, la canzone
del ritorno.

> Quando saremo
> le nostre case
> la nostra madre
> ci abbraccerà.

Segue il coro del plotone. Battono i chiodi sul
gelo. In fondo alla valle palpita il richiamo di un
eliografo. Sulla cima delle montagne palpitano fuochi:
stelle che levano o bivacchi di piccola guardia.

> Dove sei stato
> caro figliuolo
> per tanti mesi
> a fare il soldà?

Quanti mesi? Non si contano più. I vecchi caporali
richiamati non chiamano forse « anni » e « secoli » le
cappelle, come per ficcare ben loro in testa che di anni
e di secoli sarà numerato il tempo del loro servizio
militare?

Dice De Riva, che ha fatto la Libia e tira una
bestemmia ogni tre parole:

— Ogni tanto, Dio serpente, i ne richiama a far i borghesi, poi i ne congeda, e tornemo a far i soldai.

Io sono stato
nell'alto Tirolo
dove la neve
fiocca l'està.

E dove vi sono baracchette sgangherate o tende a doppio telo ricoperte di neve: dove non si sa più nulla del mondo lontano, e solo a sera se il cielo è chiaro si veggono brillare laggiù nel piano le casette rosse dove una donna ci attende — o ci fa le corna con il territoriale: dove ci sono i bimbi di De Lazzer e gli automobilisti, la mula di Marzarotto e il magazzino del terzo scaglione, le paste di Mimiola e l'amichetta bionda che mi donò un fazzolettino verde pregno del suo profumo.

— Loat, non vedi come sono soavi le stelle nel pallore lunare ? Non hai lasciata l'amorosa a casa, alpinotto dal viso tondo come un pagnotta, che canti a voce spiegata con la mano aperta accanto alla bocca, ora che le prime linee sono lontane ? Intona dunque la canzone dell'amorosa che aspetta, che noi sappiamo bene che non è vero, ma lo cantiamo lo stesso, perchè illudersi fa caldo al cuore e perchè si diventa sentimentali la sera dopo che s'è lavorato tutto il giorno a fare il mestiere della guerra. Poi se anche la gola si asciuga, arrivati alla baracca faremo rotolare fuori della tenda del cantiniere un barilotto di Valdobbiadene, e nella tazza di latta sarà un breve paradiso biondo, meglio dei suoi capelli folli, meglio della casa lontana.

Perchè dice il caporalmaggiore Ferracin, che in accantonamento è sempre ubbriaco, ma in combattimento è sobrio e coraggioso, e sarebbe già sergente senza quel viziaccio, dice Ferracin tirandosi la barba lunga e crespa :

— Co ghe xe del vin, se pol continuar la guera fin che Dio vol.

E in questa benedetta valle Sugana, il caporalmaggiore Ferracin non ha nessuna difficoltà a continuare la guerra fino alla consumazione di tutti gli austriaci, in questa felice valle Sugana che ha le cantine piene di vino e i granai colmi di mele odorose, e Monegat il rosso va di pattuglia con fiasco e sacchetto a terra, per riempirli.

E si combatte per paesi vuoti contro un nemico appostato dietro il muretto del cimitero o nel parco dell'albergo: ma quando s'è finito di fare le schioppettate, giù in esplorazione nelle cantine del parroco di Santa Brigida, a sentire se il suo vino è più buono di quello del barone.

E questa è successa a Campari. È stato stanotte, sotto un nevischio tranquillo, in appostamento al di là delle linee un'ora di strada, a Brustolai, una desolazione di case arse e devastate nella sassaia che vien giù dall'Armentera. Il fiume oscuro taglia il bianco sudicio del suolo. Di là il paese morto di Marter: ma ci deve essere il nemico in qualcuna delle sue case,

anche stasera, come ieri. Il silenzio non è rotto che
da qualche bestemmia in sordina, da un picchiar stizzito di una scarpa contro un sasso perchè i piedi cominciano a gelare. Ed ecco la finestra d'una delle case
più presso alla riva si accende, quadratino giallo di
luce, canzonatura all'agguato armato di là dall'acqua.
Bisogna vedere di acchiapparli, quei porçei. Si passa
a guazzo la Brenta: la pattuglia circonda la casa. I
movimenti sono cauti, accorti Ma Pivotti tronca gli
indugi: baionetta inastata, balza a testa bassa nella
casa e grida: Chi va là. Gli altri pensano: Pivotti
ne accoppa qualcuno. E va a vedere anche il tenente,
e trova un conducente del Val Brenta, scalcinato e
barbuto, che guata con stupore a tutto quell'allarme che
lo ha disturbato mentre spillava il più rosso vino di
Marter dalla più pacifica delle botti.

———

Da quattro giorni siamo in riposo in città Stasera
partiremo, e pare per fare le schioppettate. Tollot,
Barp e Resentera lascieranno a malincuore la loro cantina, tre manigoldi, i più tranquilli di tutta la compagnia, che non si facevano dire due volte di stare
nascosti nella cantina quando il Panarotta tirava, mentre
gli altri soldati si buttavano in giro per le osterie del
paese, e vi restavano finchè non arrivava il maresciallo
dei carabinieri a sloggiarli, ed allora se ne andavano
ostiando, salvo mostrargli una sipe tratta dalle tasche
dei calzoni.. ma questa è un'altra storia. Tollot, Barp,
Resentera, invece, nessuno li vedeva. Sempre, tutto

il giorno, in fondo alla loro tana. Il fatto è che ad uscio con la cantina vuota dove stavano essi, ce n'era una piena. E allora sfondano la prima notte l'uscio, cercano una botte piena, v'introducono la gomma, fanno passar la gomma per un foro dell'uscio e poi richiudono per bene. E tutto il santo giorno succia tu che succio anch'io, e mai gioia più rossa fluì con tanta abbondanza per gola di alpino. Venivano gli amici eletti a partecipare della fortuna segreta: e qualche volta i tre soci (poichè essi coltivavano il fiore arguto dell'ironia) riempivano una gavetta di quel vino e la portavano per l'assaggio agli abitanti della casa, i padroni della cantina.

— Sentì, che bon vin che ne passa la naja!

E i proprietari bevevano e sentenziavano:

— Bon. El par el nostro.

E oggi il gaio segreto di Tollot, Barp e Resentera corre con sommessa ilarità gli ordini chiusi, mentre i furieri fanno l'appello e il maggiore si tira nervoso la barbetta marinara.

Non rimpiango io la mia padroncina di casa, a cui ho baciato la bocca nel viale della stazione, perchè ha gli occhi e il sorriso di Heliodora. « Si exsurgat adversum me praelium, in hoc ego sperabo ».

---

25 Gennaio.

Appoggiate al muro nel piccolo orto dell'ospedale, due vecchiette, tre vecchietti raggrinziti lucertolizzano al sole. Torpore di luce sulle montagne di fronte;

tintinnìo d'acqua corrente riga il silenzio meridiano. Al primo piano in una grande sala monacale grave candida — dalle poltrone enormi, dai grandi quadri dei fondatori e dei benefattori — è la mensa dei signori ufficiali. Si cantano le canzoni di guerra. Si beve lo spumante per un ospite. Chi si affaccia alle finestre spalancate su questa trionfante primavera vede giù nell'orto appoggiati al muro crogiolarsi al sole i tre vecchietti, le due vecchiette raggrinzite. Ma in fondo al corridoio, nella cella umida e grigia, il moribondo combatte solo, indifferente, la sua agonia.

A Malga Puisle, a trainar cannoni con tutta la compagnia. Su per la mulattiera gelata i pezzi arrancano: un'ilarità robusta corre la compagnia, muscoli tesi nello sforzo, gara gioconda di arrivare perchè lassù c'è un capitano della montagna che ha promesso del vino, e perchè il tenente d'artiglieria dice che i territoriali non ce l'hanno fatta a portar su i cannoni.

Veramente oggi si doveva riposare, adesso siamo a riposo. Ma è il nostro mestiere, e che serve lamentarsene? E quel che per gli altri soldati è una pena — quando gli abbiamo dato il cambio, stavan lì sudanti abbattuti sul sentiero, giubbe sbottonate, riluttanza agli ordini — per questi è un divertimento. Gioia fisica, issare pezzi così pesanti su quella forcella per questo cristallo che nemmeno i muli ce la fanno, esercizio soddisfatto dei muscoli che non conoscono che lavoro da quando s'è nati, abeti e rocce e cielo vecchie co-

noscenze non hanno mai visto che fatica in questi
figli della montagna e pare che a vivere fra queste
cime non ci si senta bene se non faticando, e tanto
amore dello sforzo e spregio del disagio che quando
giuocano (nelle ore in cui c'è l'ordine di far nulla)
si cazzottano da rompersi le tempie facendo il giuoco
del civettino — proprio quello del quadro degli Uffizî.
Ferracin dà la voce, il plotone aggrappato alle funi in
uno strappo tira innanzi il bestione testardo. Caro bestione sfrombolante che proteggerà la nostra avanzata!

———

Bonan, l'attendente di D'Incà, si dondola per la
strada da Primolano a Feltre, un poco di vino nelle
gambe e molto desiderio della famiglia che torna a
rivedere dopo tanti mesi di guerra. Che cosa c'è laggiù
in fondo alla strada? Un'automobile lucida, ferma.
Nemmeno fermarcisi su con il pensiero. Là dentro
viaggiano generali, maggiori, pezzi grossi, quelli che
mandano le buste gialle, e allora viene l'allarmi e
l'ordine di tenersi pronti. Ma là vicino c'è un vecchio
soldato, dai lunghi baffi bianchi. Bianchi come quelli
di Pupo che fa il conducente. Ma Pupo ha il pizzo
e i baffi corti, questo vecchio soldato ha solo due
lunghi baffoni candidi. È fermo, e guarda l'automobile.
Un'ilarità prepotente guizza attraverso le idee dell'alpino che avanza un po' traballando. Così vecchio,
l'hanno preso anche lui a fare il soldato! Gli doman-
deremo se vuol bere un gotto con me, al vecio.

Già Bonan ha raggiunto il vecchio soldato, e gli batte' una mano sulla spalla.

— I t'ha ciapà anca ti sott'la naja, neh vecio?

Ma l'occhio gli scivola giù alle maniche, e tàcchete, l'alpino esterrefatto s'irrigidisce su un trepido attenti con le dita convulse contro il cappello e due occhi pieni di terrore: un generale, ostia, e lui ora tra i fumi del vino e della paura lo riconosce, perchè era il suo colonnello al settimo, quando era recluta, tanti anni fa. Il Generale Etna.

— Adeso el me copa.

E il generale sorride, e gli dà un virginia: poi siccome la panna è rimediata e si può ripartire, Bonan è fatto montare, ed eccolo là pettoruto, trionfante, sboccione, che torna al paese seduto vicino al meccanico, il suo mezzo metro di virginia attraverso la bocca.

———————

Febbraio, il giorno della presa di Marter.

Il capitano Nasci ha detto ai soldati:

— Ragazzi, le cantine sono piene di vino. Ve ne siete accorti prima di me. Ed io debbo mettervi nelle cantine perchè l'artiglieria comincia a tirare. Ma il prigioniero fatto dal tenente Fabbro ha detto che gli austriaci, prima di mollare il paese, hanno avvelenato il vino. State in guardia, e non bevete.

— Fioi de cani! Sior sì.

E il discorsetto del capitano fa il giro di tutta la compagnia, dalla gran guardia alle piccole guardie poste a difesa del paese conquistato all'alba. Intorno, il frastuono delle granate e degli shrapnells. Filtra una pioggia leggera. Qualche ta-pun, noioso come un pianoforte, dalla montagna di fronte; vischio di fango appiccicato agli abiti alle scarpe alle mani, rosicchìo di galletta. Un po' di vino, e come si monterebbe bene di vedetta allora, a frugar con gli occhi gli sterpeti insidiosi e i fianchi precipitosi dei monti!

— E alora no se pol più bevar el vin del sindaco.

— E gnanca de quel del prete.

— E gnanca de quel de l'osto.

— Se te te aveleni, el va in licensa el to piastrin.

— El sior capitano el ga rason.

Qualcuno spilla per prova la botte. Il colore chiaretto accende gli occhi.

— Che bon odor!

— Che i lo gabia proprio avelenà?

— Fioi de cani.

Ma quando torno dal rapporto, trovo nella cantina il mio plotone intento a bere.

— Disgraziati, volete dunque avvelenarvi?

Accendersi in giro d'occhi furbi.

— E no, sior tenente, stavolta no gh'avemo paura de velen.

E mi spiegano il trucco. Mentre i signori ufficiali erano a rapporto, un rapporto l'hanno tenuto anche i vecchi della compagnia. Ed hanno deciso: Si tira a sorte, e quello che vien fuori prova a bere un bicchiere. Se sta male, lo portiamo subito dal dotor, e lui un rimedio ce lo deve avere. Se sta bene dopo un'ora, bevemo tuti.

Ed ormai tutte le guardie, tutti i piccoli posti gustavano il dolce vino di Marter: era il vino del prete, era quello del sindaco. La gran guardia spillava le botti enormi dell'albergo, e De Lazzer girava le cantine per cercare il migliore, quello da destinare alla mensa del signor capitano.

Ora le vedette, abbeverate a dovere, vegliano più soddisfatte sulla piovigginosa monotonia della campagna lorda di neve, scrutano l'intrico dei boschi, spiano di tra i sacchetti riempiti di terra le ingannevoli sassaie della montagna di fronte.

Tutta la notte abbiamo aspettato che ci attaccassero. Notte nera, pioggia dirotta, gemiti di vento per la valle. Stare in gamba dietro i muretti bassi improvvisati a trincea; tender bene l'orecchio al rumor della pioggia, i piedi sul prato fradicio, i cappelli come grondaie. Eravamo sperduti nella valle. A destra, non c'era collegamento. Diciotto uomini per tenere quattrocento metri di linea. Se venivano giù da Malga Broi, ci tagliavano fuori. Amen, e sperare che ci attaccassero dove eravamo.

A tratti, razzi luminosi sbadigliavano sull'orizzonte, un bagliore attonito s'apriva sulla campagna, s'indugiava un poco, l'oscurità l'inghiottiva. Spari lontani e vicini, rari, irritanti. Una bomba a mano, a mezzanotte, lanciata verso la chiesa, fu un sollievo: ci attaccano adesso. Invece, nulla.

P. Monelli, *Le scarpe al sole* - 3.

Ma sotto la coltre di tenebre la notte era viva di ansia. Ora i riflettori non rigavano più la montagna. Il buio ci stringeva come un'insidia tenace. Tutta la notte s'è vegliato, a guardia del paese morto. Campane non scandivano la lunga attesa. La notte si trascinava con il suo cieco ritmo di pioggia. Ogni ora le vedette si davano il cambio: chi smontava sussurrava poche parole al nuovo venuto, e si avviava grondante ad un giaciglio di paglia bagnata: chi montava si immobilizzava sotto l'acqua, attento se di tra le voci del vento e il frusciar della pioggia e i miagolii d'un gatto sperduto per le case vuote s'udisse un trepestare cauto di uomini per il bosco.

All'alba, il nemico ha attaccato.

———

In ricognizione nella lucidità della nevicata recente, fra gli alberi gravi di bianco, carponi al riparo dei muretti bassi. Un poco di pigrizia, chè stamane il saccopelo fasciava di così soave umidità le membra, e ieri l'altra ricognizione è andata male, e mi seccherebbe lasciarci la pelle oggi che il sole è così nuovo e leviga con tanta morbidezza la montagna. Passo in rivista i nomi dei colleghi, a ognuno dei quali, penso, più che a me spettava questa corvè. Presentimenti idioti tirano indietro. Queste macchie nere dei nostri abiti si vedono maledettamente sulla neve. Bel tipo, anche il Maggiore, a volere che ritorni solo dopo avergli sparato addosso, ai cécchini! E la mia vigliaccheria di stamane arranca carponi dietro i muretti sbocconcellati, trascinata riluttante dalla spensieratezza di Pivotti, che è di punta — perchè se non ce lo mettevo anche oggi, non veniva.

———

Monologo di Pivotti che spacca la legna davanti al Comando di compagnia, dove è stato fatto venire per punizione perchè ha rifiutato d'obbedire al caporalmaggiore Sasso che lo mandava alle corvè dell'acqua:

— A mi farme portar le marmite? A mi farme spazar la baraca? A mi farme pasar in rango? Ma che i me manda a copar todeschi, i me manda, e ghe vago tuti i dì, e ghe vago de punta col tascapan pien de bombe. Ma no i staga a farme far da soldà de la teribile.

E le scheggie del tronço massacrato dai colpi stizziti partono come scheggie di bomba tutt'attorno.

———

Stasera mentre si beveva del Torcolato pagato dal dottor Cimberle che ha preso cappello perchè gli hanno rubato dalla stanza una bella stampa antica che lui aveva portata via a un conducente che se l'era arrangiata in un villa bucata come un crivello (ma questa la racconteremo un'altra volta), mentre dunque si beveva e si cantava

Come porti i capelli bella bionda,
io li porto alla bella marinar,

Campari ha ricevuto l'ordine di portare tutta la nostra compagnia — forza 58 uomini — di rinforzo al battaglione Feltre che sta maluccio in quel di Marter.

E fuori, nella notte e nel fango, a brancicar nel buio, con i soldati assonnati, verso le linee.

A Marter, Campari si presenta al Maggiore.

— Bene — dice il Maggiore. — Quanti uomini ha Lei? 58? Pochini. Bè. 25 con un sottufficiale li manda al piccolo posto che è al di là del ponte. È un posto che se vengono gli austriaci per acchiapparli non li salva nemmeno il Padreterno. 25 uomini li mette là. Lei con il resto della compagnia si mette a mia disposizione — riserva strategica — in quella casa vicino alla ferrovia, dove ci avevo ieri il mio comando di battaglione. Lo sa? Bene. Là, vede, hanno cominciato a individuarla e ci hanno tirato sbibbole tutt'oggi, ed ho dovuto venir via. Brutto posto, sa. Una è cascata sul baracchino che c'è accanto. Bè, Lei si metta là con il resto della compagnia. Vada pure.

E trepestiamo nella melma e nel buio verso la casa presso la ferrovia con una vaga trepidazione, perchè tra piccolo posto trabocchetto e casa individuata ci sembra che la povera 265ª con 58 di forza abbia poco da stare allegra.

Burlone, il signor Maggiore. Ma nella casa c'è una bella stufa, e, se domani c'è ancora questo nebbione, l'accenderemo e ci faremo le castagne arrosto. E la botte — Dio sa come ci si trovi ancora! — la metteremo vicino a noi, e ogni caposquadra è auto-

rizzato a venire ogni ora con la gavetta a prendere il
vino per i suoi uomini. Una regola, ci vuole.

———————

Nel Grand Hôtel di Roncegno sulle seggioline
bianche i soldati si grogiolano a questo solicello, davanti al porticato, a vista della valle striata di neve.
Oggi l'artiglieria nemica tace, da questa parte: si sfoga
altrove, ed i soldati commentano i rombi come il vil-
lano del Manzoni. Ma lassù sul cornicione ci sono
i segni della rabbia di ieri. Il gran salone ha due
enormi piaghe nel soffitto: e ne geme malinconicamente
uno stillicidio di neve che fonde. Il nobile parco è
tutto buche, abeti stroncati si abbattono sul sentiero.
L'albergo è sgangherato, mobili sossopra, saccheggio
e bombardamento, ed ora il tarlo della pioggia che
penetra dai tetti crivellati. Ed alle pareti di una sala
sconvolta, ancora l'ironia di qualche avvisetto: « I signori sono pregati di non asportar le riviste dalla sala
di lettura ».

Siamo ubriachi di sole e di giovinezza, stamane.
Abbiamo scavallato per il parco, abbiamo urlato le
nostre canzoni bacchiche:

> Il buon vino fa lieto il core
> il buon vino scaccia il dolore
> e d'una sbornia non si muore...

Domani saremo sotto di nuovo, e la vita è un dono
che ci sarà ritolto. Morandi ha avuto il cappello bucato,

stamattina, a quota mille. Frescura è andato all'ospedale, ieri, il braccio rotto e il polmone forato. E l'odor
dell'abetaia riempie i nostri, intatti, con prepotenza.
Chi pensa agli imboscati? E ci fu qualcuno che mi
parve segnato di più alto destino, ed ora arranca penosamente nelle ambagi dell'imboscamento. Quando
mai si sentirà così voluttuosamente vivere? E quel poco
di fifa che viene qualchevolta è un pungolo a quella
voluttà. Questi alberi infranti, queste ville diroccate,
queste proprietà violate — ed erano garantite e tutelate
da tante carte malinconiche, e un vecchio le custodisce
negli archivi — tutto ciò è buon quadro alla nostra
vigilia, distruttrice e rinnovatrice. E almeno, se io ci
rimetto un braccio, ci sia uno che ci ha rimesso la villa.

Stravacchiamoci nelle poltroncine viennesi, tiria-
moci davanti un tavolinetto buffo, illudiamoci d'essere
all'ora del tè, quando il grande albergo era fiorito di
giovani dame e di lucidi gentiluomini con la barba
fatta. Il tè ce lo farà Zanella nella cucinetta da sciatore.
Causons litérature. Non c'era una rivista inglese in
quell'angolo? Peccato che dai vetri rotti tirino dei
maledetti spifferi. Dove sarà a quest'ora il vecchio
barone viennese che l'estate di due anni fa adagiava
il suo diplomatico deretano su questa poltrona? Certo
in quell'angoletto è sbocciato un flirt, concluso poi
nelle ombre discrete del parco: adesso sarebbe pericoloso andare a buio per il parco.

Un sibilo, un rombo. E poi un piovere di calcinacci,
sfascio, franamento d'assi e di travi. Questa è caduta

sull'albergo. « Sonnez, s'il Vous plaît — un coup pour le garçon, deux pour la femme de chambre ».

———

La 65ª parte per Borgo, per il riposo. (Questo vuol dire che domani la faranno partire improvvisamente, allarme notturno, nemmeno il tempo d'asciugare le scarpe, per qualche altra quota dove un piccolo posto sarà stato sorpreso o una pattuglia nemica osservata, ma questa è la storia di tutti i giorni.) i soldati sfilano con le damigiane, i fiaschi, la gavetta colma di vino, le castagne arrosto nella pentola. Il povero bottino di guerra. Da Borgo a Marter la via è segnata da una scia di rosso sulla neve. All'appostamento delle mitragliatrici del Feltre a Ponte del Zaccon c'è il posto di ristoro; quei ragazzi hanno tirato fuori una botte, l'hanno scoperchiata, tutti i soldati che passano ricevono il viatico della tazza piena di vino.

Sfilata nera nel grigiore crepuscolare della neve e della nebbia, cumulo di tedio e di silenzio, umidore di freddo all'agguato tutto il giorno sulle giubbe penetra ora dentro.

Ta-pun. Pare una cosa ridicola l'allarme di combattimento nell'alta soavità della neve sulla valle sepolta.

———

Nella pioggia ero di pattuglia, tre altre pattuglie ai lati, una è stata sorpresa, incappata proprio dentro un nido di cecchini, fucilate improvvise hanno punteggiato il bosco, tutto un combattimento stupido senza capirci nulla con feriti, e adesso, pigramente rannicchiato nel saccopelo, viltà pomeridiana, ripensando agli episodi della mattinata.

A furia di giostrarci ci s'incappa. Pensare che sono condannato a questa vicenda eterna. Bontà della vita che tenta morbidamente, con rievocazioni galeotte, i sensi riluttanti. Altri febbrai che andavo nel sole timido senza meta nè urgenza, al ritorno una poltrona soffice per agio di libri da postillare (le ascensioni in montagna parentesi che si sa che si chiudono).

Bosco pioggia allarme balzar fuori dal tepore del saccopelo perchè uno scroscio di fucilate ha frustato la notte, sono cose che mi dipingo con terrore. Si exsurgat adversus me praelium... E un romanzo francese trovato qui dipinge regni felici di sicurezza e di blandizie al corpo. Signore, liberatemi dal demone meridiano.

———

Nella camera calda del collega della sussistenza il tè mesciuto con cura dalla teiera elegante, i tovagliolini rossi. Discorsi di donne lontane, figurine desiderate balzano fuori dal fumo della pipa, in fondo al bicchiere di grappa c'è il tepore d'una bambina voluttuosa. Fuori, lo stillicidio delle grondaie. E il senso che questa vigilia sarà brevissima.

A notte, ordine improvviso, si riparte per gli avamposti, nella cruda nitidezza lunare. Stavolta si deve prendere una quota, ed un accidente di noto cucuzzolo di cui i miei vecchi chiacchierano a bassa voce, perchè sarà un osso duro da rosegar. E mentre mi avvio per la strada nota, con i soldati gravi e seri, i territoriali della mensa causent litérature.

Ripulita l'anima dalle vigliaccherie del pomeriggio piovoso quando il romanzo francese di bottino dipingeva accidiosi paradisi, e l'ho ripulita in un combattimento buono e serio, una lunga giornata di sole, una lunga notte in cui vigilai con gli occhi aridi il corso implacabilmente lento della luna, scandito dalle cannonate, sentendo strisciare intorno l'insidia. Ed ora dolcissimo discendere verso il riposo, con i soldati che si sono battuti bene, che ricordano con pacatezza i nomi dei caduti lassù. Rare fucilate. Il digiuno di trentasei ore, la veglia di due notti, non disturbano più. Si ficcano gli occhi nelle lontananze come se le si possedessero, si guata all'avvenire come se lo avessimo segnato del nostro volere.

Ma quando si arriva al Comando e si apprende il nome degli altri morti, e poi, ecco, un velivolo squacchera giù due bombe a quattro metri da te e non sai ancora adesso come sei rimasto illeso, allora pensi che il senso della tregua è ingannevole.

Il capitano medico, incazzatissimo, scaraventa i piatti della casa contro l'aeroplano scocciatore.

———

— Ho un bocconcino per Lei — dice il signor maggiore, e intanto si tira parecchie volte la barba, ne congiunge le punte argute, allunga quella di sinistra per guardarsela bene. E allora, allarmi, gli uomini si radunino sotto il porticato, si armino, si tengano pronti.

Pivotti, nastrino azzurro sulla giubba guadagnato al Freikofel, dieci giorni di rigore guadagnati in accantonamento, si toglie di tasca uno straccetto, l'infila sulla bacchetta, dà una sfruconata rapida alla canna, ispezion'arm, caricat. Appoggia il fucile al muro, e rivolgendosi a una piccola schiera attonita di soldati che non fanno la guerra:

— Vardè — dice. — Adeso vojo più ben a quel che a la pagnoca.

———

Abbiamo seppellito i nostri morti ultimi, stanotte. Gli abbiamo recati a spalla nelle bare bianche che Zamai ha costruito, attraverso le stradette tortuose. S'assiepavano sulle porte degli accantonamenti i soldati, i rancieri s'affacciavano neri da antri vividi di fumo. Le montagne s'intagliavano sul frugare irrequieto dei riflettori, erano sonore di cannonate. E mentre il cappellano scandiva rapidamente le parole latine del commiato, l'ombrello curioso d'un razzo si aprì sul cielo nero.

Non siete morti ancora, morti nostri che avete messo le scarpe al sole durante la pattuglia, e nemmeno il tempo di dire al compagno che badava ai fatti suoi — saludame la me vecia. Quando su questa valle allegra rifioriranno le rose e s'avvicenderanno i raccolti e vendemmieranno ragazze bionde le vigne, quando il

contadino cingerà di siepi spinose il suo campicello
disfacendo i reticolati laboriosi, allora sì, nel campo-
santo bianco sarete ben morti, così dimenticati da nuovi
prepotenti viventi, così lontani dagli altri morti della
famiglia. Oggi v'aspetta a rapporto il capitano che abbiamo portato giù stroncato dalla bomba il giorno di
settembre. La sua lapide non è lontana, nel cimitero
di Strigno, con le sue parole semplici e conscie. « Al
capitano Fausto Bianchi - morto combattendo - gli
alpini ». E dite al capitano che la sua compagnia è
sempre quella, e scatta, e nessuno ha paura, se venga
su il suo numero, di andare a raggiungerlo dove s'è
già avviato sereno. Non siete morti ancora, oggi. Siete
i compagni stanchi che riposano di ritorno da una dura
giornata d'avamposti; siete ancora con noi, solo così
stracchi che l'allarme non vi desta e il tenente esce in
combattimento senza di voi, siete come il compagno
che è rimasto di piantone agli zaini, e che non vediamo
con noi nell'ora che le pallottole cominciano a frullare.
E c'è chi pensa: — Che fortuna Toni! Toccargli
d'essere di piantone proprio oggi!

(A meno che non gli succeda come a Gallina, che
a star di piantone gli è arrivata una scheggia di granata
che gli ha portato via tre dita, è vero che va borghese
ed ha finito di vedere le streghe, ma dopo come farà
a lavorare nel campo?).

—————

Ed ora la compagnia si snoda su per una bella
strada allegra fra gli abeti, verso le cime bianche.

Adesso che ci deve essere bisogno di noi lassù ci portan via dal fondo valle dove s'è combattuto tutto l'inverno, dòve ci si era quasi dimenticati di essere alpini, andando da un paese all'altro ed alloggiando nelle ville saccheggiate. Adesso comincia rumor di guerra anche sulle cime: torniamo alpini buoni per la guerra lassù. E la fanteria discende dai riposi invernali alla sua guerra di fondo valle.

Si ritorna alle baracchette seppellite dal gelo, al pungolo delle tormente, al fragore dei grandi torrenti. Casa nostra, regno nostro. Salutiamo le ultime case. Salutiamo gli ultimi borghesi. Salutiamo le ultime donne. Di sesso feminile, lassù, non ci sarà che la Regana o la Miesnotta o qualche altra muletta irrequieta. Degan e Ferracin, salutate le ultime osterie, dove non è vero che prendevate la balla, come dicono i profani, ma ritrovavate con l'aiuto d'un litro di rosso tante cose buone smarrite, il letto, i piccoli, la casa, la speranza di tornarci dopo la guerra, i compagni della miniera, gli scherzi da recluta. E salutiamo la dolce primavera, che rifiorisce di mandorli la valle e sposa le campanule ai reticolati di seconda linea e intenerisce di musco le rocce. Lassù, dietro le trincee bianche, fra i camminamenti candidi, fra le molli insidie delle nevi ritroveremo l'intatto inverno, che incide con puro stile le linee dei monti e abbassa dinanzi alle piccole guardie il sipario della nevicata.

Si ritorna ad altri rischi, si fiutano altri combattimenti; ma s'è allegri come si andasse a riposo. Ritorniamo ad una vecchia conoscenza, ad una montagna che si pigliò il settembre scorso. I ricordi si affollano. Qui ci aveva la tenda il maggiore (bel tipo, era la più in vista); là rimasero morti quei cinque di fanteria la notte della tormenta; là scavammo rapidamente nel rigore notturno la prima trincea che ci proteggesse all'alba dal fuoco dell'artiglieria E a mano a mano che si sale si affacciano al di là dei più bassi monti altri vecchioni riconosciuti, ardue muraglie contro cui ci siamo rotta la testa, su cui si affermò la nostra conquista. Lasciammo qua e là i nostri morti a santificare le tappe dell'avanzata. E alcuno è caduto così innanzi che ancora il terreno dove egli giacque è conteso e nemmeno le più audaci pattuglie lo sopravanzano.

Così è caduto il nostro capitano, sotto i reticolati nemici, una tragica notte di combattimento costellata di scoppi, sonora di schianti, in un labirinto di ghiaccio e di rocce sgretolate dal martellare delle mitragliatrici.

Aprile.

Ho accompagnato a Feltre gli alpini più vecchi delle compagnie con una ventina di muli che passiamo alle salmerie del nuovo battaglione Pavione. Hanno finito di fare la guerra, i veci, almeno in compagnia; passano conducenti, ed è buon premio a questi uomini di quarant'anni che sono stati in prima linea un anno mentre i loro coetanei di fanteria con le pipe rosse gli insidiavano le mogli nei paesetti veneti allegri di vino. E c'è il mio vecchio Prade fra essi, che si portò così bene con tanto spaghetto in corpo la notte

di marzo; e c'è Boschet che vidi partire da Feltre
per la guerra il mese di luglio, ubriaco fradicio, e
la moglie gli portava lo zaino e il bastone, e gli asciu-
gava il sudore sulla fronte. Si va lenti nel sole d'aprile
per la strada frequente di case e di osterie; i ragazzini
accorrono petulanti e strillano al passaggio, le ragazze
ridono maligne a quella sfilata di soldati coi capelli
grigi.

———

Nella baracchetta, l'acqua calda ronza sulla stufa,
e il saccopelo sulla branda slabbra il suo promettente
biancore. Al di là del tramezzo di tavole ci sono i
soldati. Viene attraverso le commettiture il tanfo caldo
e la cantata lenta che concilia il sonno.

> In mezzo al mare ci sta un tavolino
> Si mangia si beve del vino
>   in mezzo al mar....

Fuori la tormenta scatena i suoi lupatti inferociti,
squassa le pareti di legno, ricaccia a tratti il fumo
della stufa entro la stanza. Ma si sta bene, dentro.
Ti racconterò una storia sentimentale, ragazzo mio,
mentre il caffè ci aiuta a vegliare. Un'avventuretta a
Venezia in breve licenza, ed essa era bionda e odorosa di sole e di desideri compressi. Un gocciolo di
grappa, aqua vitae, nel caffè? Anzi, tutta una tazza. E
il vento commenta picchiando alle finestrelle cigolanti.
Amore di terra lontana, il bicchierino... Bisboccia.
Ma bisogna andare a dare un'occhiata a quelle

povere vedette che scontano tutti i peccati della loro
giovinezza in questa notte di tregenda. Appena messo
fuori il naso, ecco di colpo la baracca è scomparsa, e
il vento ci morde e le tenebre ci avviticchiano urlando;
eccoci afferrati dalla tempestosa notte dell'alpe. Su per
camminamenti che la neve colma, nel biancore ingannevole, nel turbine che mozza il respiro, si arranca
verso la cresta del monte. A tratti, il vento cade: un
silenzio stupito fluisce, sale dalla valle la voce del
'fiume; la nebbia dilacerata scopre qualche stellina fred-
dolosa. Ma subito di nuovo la grandine dei ghiaccioli
imperversa e i fischi del vento plagiano il cigolio di
granate in arrivo. Su per la montagna nemica, nel-
l'uniforme inganno nebbioso, l'andare pare senza fine;
ci si crede sperduti in un atroce labirinto fra le cedevoli
insidie, nella selvaggia fanfara del vento. E quando
si arriva alla vedetta all'imbocco della trincea coperta
e gli si raccomanda buona guardia, il soldato risponde
tranquillo:

— No stia a dubitar, sior tenente.

E allora si può ritornar sicuri nella baracca, e mentre
traverso il tramezzo viene il cantare più stracco

<blockquote>
In mezzo al mare ci sta una sirena,
lo zaino fa male alla schiena,
in mezzo al mar...
</blockquote>

scriveremo una lettera sentimentale a quella dell'avventura.

Un amico è morto in guerra. Il migliore del cenacolo arguto che ora disperso su per i monti e lungo i fiumi combattuti assolve il suo compito (ma c'è quello che arranca nelle ambagi dell'imboscamento). Il migliore: quello che lucido ed arguto ammoniva spesso il nostro spirito, e fu nostro devoto compagno sulle grandi vie delle montagne quando non sapevamo ancora che salirle era un'anticipazione ed una preparazione — che partì per il suo posto sul Carso senza jattanza e senza esaltazione, umilmente; ma che il giorno in cui, terza categoria, aveva dovuto scegliere un'arma per farvi l'ufficiale, aveva scelto la fanteria.

Ma del suo discreto amore per la montagna, ma della sua uniforme di soldato, ma del suo chiaro spirito di sacrificio che resta, se non la salma spezzata dalla granata, composta nel cimitero di Quisca?

E oggi rabbrividisco per questa morte così lontana, come se gli fossi stato accanto nel combattimento ed avessi udito il suo urlo di colpito. Non i cento lasciati qua e là stroncati sulla zolla combattuta; ma quest'uno ammonisce che non è dunque un giuoco agevole questa guerra desiderata dalla nostra giovinezza, a cui venimmo come alla più bella avventura della nostra vita; che la morte miete anche così presso a me, al di qua della muraglia cinese degli sconosciuti e degli indifferenti; che anche a me può toccare la pallottola che piomba nel nulla — più nulla, nè questo fresco di vento nè questo tenero d'azzurro — quella a cui non vorrei credere ancora.

Et ecce afflictio spiritus. Oggi mi rannuvola un'uggia

della guerra, un'ansietà che si prolunghi dunque troppo, dinanzi agli occhi non altra previsione che un seguito di tasti bianchi e neri di combattimento e di soste, un'infernale musica senza termine fino al sacrificio inevitabile. Oggi questo bombardamento m'irrita, che mi accompagna mentre salgo alla cima. Ho il presentimento stupido che la morte dell'amico non sia che un inizio ed un avvertimento; e parlerei male, oggi, ai miei soldati, della necessità di morirci.

Su nella gloria del sole salgono con noi le laccate montagne bianche, il piano lucidato dal vento s'adagia fra due costoni neri. Il vento è ebbro di rapina: il bombardamento spruzza neve sul viso, fischia, s'infrange sull'impassibilità nevosa, pare un giuoco innocuo di capriuole sulla mulattiera. Ma lo shrapnell schianta sonoro sul cielo pallido e puro; ma lassù quel mulo e quell'artigliere della montagna a un colpo bene azzeccato sono scomparsi. Sta a vedere che adesso che hanno imparato continuano. E sì che dobbiamo passare di là. Che bisogno aveva il maggiore di sgambettare fin lassù in cima a constatare se è proprio vero che tirano? Ma lui, barbetta che fiuta il tempo, gambe salde, respira quest'aria di battaglia come quella d'una pineta balsamica. Già: lui non ha questa morte, come ho io oggi fra me ed il mio coraggio.

———

La nuova stagione ha ancora, qui, i suoi colori invernali, bianco e nero ed azzurro: e spesso poi si

cruccia con noi ed un malinconico inverno di nebbia
le dà il cambio, costringe gli occhi delle vedette a
farsi più acuti, si perpetua in certe vallette o in certi
càvi dei monti. Ma oggi che maggio s'ingramaglia
per noi di nebbie straccione, la primavera è venuta
con un mazzo di fiori che Deòn il conducente ha infilato fra le orecchie di Rondèl. Buon dì, muletto
capriccioso, e buono il saluto dei fiori che puzzano
di basto e di stallìo, ma hanno i colori del piano!
Ed ecco la nebbia s'apre, e brilla laggiù lo smeraldo
della valle, umido come gli occhi bugiardi di lei.

La mattina ilare si beve con abbandono il sole,
barbaglii di luce traboccano sopra il cristallo delle
montagne. Sull'azzurro le nuvolette bianche e rosse
del bombardamento s'accordano con armonia allegra,
la perfetta musica sottolinea con esultanza quella festa
di colori, che pare necessaria integrazione allo splen-
dore del mattino di maggio.

Nuovi uomini sono giunti stamane a colmare i vuoti.
Fila grigia contro un chiaro fumar di nebbie dalla
valle, parole fiere del maggiore. Lo fissano negli occhi
i nuovi arrivati, uomini di trent'anni, reclute delle terze
categorie, molti venuti d'oltre oceano a questa guerra
dalla tranquillità della famiglia esotica. Ascoltano parole di patria e di necessità di morire per essa (pensano
essi ad umiliazioni sofferte nella terra straniera?). Ficcano gli occhi chiari sulla cresta del monte e sanno
che di là c'è un nemico che è dovere uccidere, che

è fierezza d'uomo non temere. Questo lo dice anche il cappellano. Che occorre indagare di più? Un senso oscuro di necessità viene dalle cose, ed essi non lo discutono, quello stesso che li spinse oltremonte per campare la vita, che li venne a prendere un giorno per dargli un'uniforme ed un fucile. La patria è questo ritorno ai monti che gli hanno dato la vita, questo ritrovare sulla bocca dei compagni il dialetto della madre. Riconoscono gli alberi e i pendii poveri e le colate dei ghiaioni. Non era così, la terra dove si parla forestiero; questa ha un altro odore, un altro colore, aderisce con più contatti al corpo che la tocca. È la patria. E stasera monteranno calmi e sicuri di vedetta, il cuore saldo nell'inganno lunare come i massi delle loro montagne, e le nostalgie della famiglia simili a quelle delle lontananze cercate per guadagnarsi il pane, e la morte non creduta più temibile che quella all'agguato nelle miniere.

La montagna è tutta vestita di nebbia, e le figure dei soldati sembrano profili opachi di bonzi sopra una porcellana cinese. Lo sappiamo già. Fra poco la nebbia si condenserà in neve, un neviscolare granuloso e persistente; poi comincerà a soffiarci dentro il vento, e dal piano verde e oro si vedrà la nostra montagna allegramente arruffata d'una crinieretta bianca. A sera quella crinieretta sarà bionda, e se io fossi laggiù dove stanno i muli la paragonerei all'aureo caschetto

di capelli della bambina diciannovenne lontana, capelli
tagliati corti,

> fili di sole tiepido
> — sciacquare succhiare dell'onda
> pigra sulla spiaggia calda
> — piccoli seni compressi
> dalla tunichetta azzurra —
> malinconia di non esserci
> che viene dalle lettere ardite
> dove tenta inutilmente la mia
> lontananza.

Ma siccome ci sono dentro, farò degli altri paragoni,
se avrò l'agio di farli: mi parrà di essere Falstaff nella
tregenda dei folletti armati di pungiglioni, il ragazzino
carogna che ha stuzzicato un vespaio. Ma so anche
che alla fine le nebbie si sfreneranno in una galoppata
gioiosa per cinger di danza altre vette, risorriderà a
noi il piano verde e oro, riemergeranno d'intorno le
montagne incipriate di fresco, nei loro accappatoi
azzurri.

E risaluteremo i nostri avversari lassù sulla cresta
ardua, con la sua collana di reticolati.

— Bon dì, porçei! Non l'avete fatta ier notte la
vostra sonatina. Ci sonava la tempesta, da voi.

E loro ci risponderanno in discreto latino:

— Porco alpino taliano, alpino capùt!

Fatti così i convenevoli mattutini, ricominceremo
a romperci le scatole.

Finchè viene la sera, una bella sera che cammina
soave per il cielo con i suoi chiodi lucidi sulle suole

azzurre. Il vento è posato, un gelo senza brividi dilaga sulla neve, le vedette del posto avanzato dispongono vicino a sè le bombe a mano. Ed ecco, dalla cima nemica geme un suono d'armonica lento, strascicato: lo commenta il torrente invisibile nella valle, le piccole guardie da una parte e dall'altra stanno sospese ad ascoltare. Tenerezza di focolari lontani, nella malga veneta o nella capanna della puszta, donne lontane che attendono da tanto tempo, odore di maggio nelle zolle del campo lontano...

La musica finisce.

— Bona note, porci taliani.

— Bona note, fioi de cani.

Silenzio. Ora l'insidia striscia con le scarpe di velluto, tenta con dita di sonno gli occhi delle vedette, spia ai ricoverini di piccola guardia. La notte formicola d'ansia; le stelle occhieggiano curiose dalle loro poltrone turchine. Daremo alle stelle spettacolo stanotte? Mistero — segreto. Bisognerebbe domandarlo ai fili del telefono che borbottano tutta notte, ma i fili del telefono sono funzionari onesti e tacciono quello che c'è da tacere. Forse lo sanno i razzi che s'alzano petulanti dalle cime oscure... Ma i signori razzi si levano in fretta, dànno un'occhiata tutt'intorno e ricadono in un dignitoso silenzio. E non si sente più che un brontolare lontano di cannoni, sull'altipiano.

———

Le notti di piccola guardia, che stanchi di contare i razzi che levano da Valpiana e d'indagare sulla topografia delle fucilate di fondo valle, si rientra nel baracchino e ci si mette a leggere il giornale da cima a fondo, si provano delle impressioni curiose, trovando per esempio negli annunci economici che il « giovane ventiduenne esente militare offresi », o dalla cronaca cittadina spulciando delle notiziole come questa: « All'Accademia di Scienze Morali lessero gli Accademici... ».

Ma guarda, i buoni parrucconi, in una saletta tranquilla, ben chiusa, che si sorbettano qualche dotta filatessa, e che cosina curiosa se ci cascasse in mezzo per un caso strano uno di questi 152 che rigano il nostro cielo !

Che cosa lessero gli Accademici ? « Della tutela dalle servitù non apparenti sul fondo venduto... ».

Si, è bene che qualcuno si preoccupi di queste cose, mentre noi sovvertiamo i termini e i confini, e dei muretti divisorî ci facciamo trincee, e dei boschi baracche, e dei grandi alberi abbattute, e dove le malghe ci coprono il campo di tiro facciamo piazza pulita. Il nemico per conto suo incendia paesi: criniere di fiamme troppe volte sferzano le notti della valle. Ma dalla nostra acre forza distruggitrice verrà la rinnovazione, e le vigne che inselvatichiscono torneranno a produrre il vino caro ai sapienti. Sotto le ali della guerra le cose intristiscono: noi distruggiamo, ma andiamo oltre. Passiamo, e saremo distrutti : ma verranno dopo quelli che intanto si addottorano e cavilleranno sulle questioni di eredità.

Diceva Meleto a Socrate — questo affermo sulla

testimonianza di Alfredo Panzini —: Se tutti andassero alla guerra, chi resterebbe per onorare quelli che vanno alla guerra ?

Ma queste sono malinconie. Un sole chiaro è giunto d'improvviso, accompagnato da una selvaggia romba di cannonate. Tutta la valle ne è sonora, il perfetto azzurro si costella delle nuvolette bianche. E nelle pause del fragore si sente laggiù, sulla valle dell'Adige, un ininterrotto brontolio in sordina.

Notizie non giungono. Ma sappiamo che dalle vedrette alle pale dolomitiche arde il combattimento. Palpitiamo d'ansia con gli ignoti compagni, sparsi su tutte le cime, in agguato a tutte le forcelle. E quando d'improvviso ci fascia una perfetta calma che sembra insidia, ecco che assistiamo, trepidi spettatori, alla battaglia della montagna vicina, fumo di cannonate, lordume che sboccia sulla neve.

———————

È insidia, d'uomini e di stagione. Il chiaro cielo s'offusca, nuvole s'adunano, si sciolgono in pioggia di giorno, in tormenta ed in grandine di notte, indugiano in perpetua umida nebbia. Il suolo le tende le coperte gli abiti sono un uguale fracidume E adesso abbiamo poco agio di osservare la battaglia sulle altre cime, chè anche su di noi c'è la festa di Santa Barbara.

I muli non portano più la posta e il vino, portano cartucce e bombe, il conducente non ha più voglia di fare le quattro chiacchiere, scarica in fretta il suo ba-

gaglio e poi giù di nuovo per la mulattiera battuta dai
colpi lunghi che mancano la cima, e non ride Pupo se
ridiamo noi vedendolo arrancare laggiù tirandosi dietro
a furia il mulo riluttante, preoccupato più della discesa
che del bombardamento.

I soldati, addossati alla baracchetta nell'illusione
d'averne riparo, seguono con occhi affettuosi i buoni
muli, compagni della nostra guerra aspra, solo legame
adesso fra noi e il mondo verde e oro della valle
imboscata.

Damin racconta che Antelao, ch'era il mulo più
brutto del battaglion Feltre, in Libia fu premiato al
valore per il suo contegno tranquillo sotto le fucilate,
e ottenne doppia razione di biada, e continua a sbafarsi
la doppia razione anche adesso che non è più militare
perchè l'hanno riformato e venduto a un carrettiere di
Lamon.

Facchin dice che i muli sanno mettersi sull'attenti
—, drizzano il muso e levano le orecchie e gli brillano
gli occhi e stanno così fermi nella stalla quando vien
dentro el major e al piantone di scuderia gli viene
l'idea di dar l'attenti.

Commenti allegri e buoni, mentre la carovana a distanza scende balzelloni la mulattiera, conducenti con
i cappelli così schiacciati che sembrano conici, penne
a bilanciarm, il fregio sull'orecchio, moschetto a tracolla, peli grigi fra la barba piena — e i muli cauti
nella discesa, occhiatine di traverso se c'è un po'
d'erba da beccare, ma del resto serî e tranquilli come
si conviene a bestie che fanno la campagna, arruolate

nei registri del Re, che portano nomi di monti e di
valli, e che sono la provvidenza di quei poveri alpini
lassù che potrebbero ben morire di fame o dovrebbero
mollar la cima se non ci fossero loro. Brave bestie,
che non marcan visita la mattina anche se la sussistenza
gli cala la razione, che portan saldo sul basto il vino
(se non fosse quel mulo che porta il Chianti, che, pare
impossibile, cade sempre e rompe sempre un fiasco
per ogni cassetta di venticinque!), portano le ghirbe
e i viveri, il rotolo spinoso e le munizioni, il cappellano
e il ferito, e quando il tenente non vede e la salita è
dura tiran su aggrappato alla coda il conducente —
e non ragliano, e non calciano che quando proprio
ci hanno il vizio, ma allora calciano onestamente e lo
dicono prima con una strizzatina d'occhi, e peggio per
chi non la capisce; e vanno indifferenti nella cannonata
e nella tormenta, e trovano il sentiero nella notte e
nella nebbia, e quando balenano gli shrapnells sulla
testa s'addossano alla parete con uno sguardo intelligente e aspettano che il conducente gli dica — arri;
e non chiedono il cambio.

———

È venuta la nostra volta. Qualche notizia la davano
i conducenti, in fretta, incontrollata: voci di ritirata,
l'altipiano girato, Cima Dodici perduta: udivamo
rombi dei bombardamenti lontani, vedevamo, le notti,
accendersi sull'altipiano gli scoppi delle artiglierie
Poi venne il fragore delle battaglie di fondo valle,

sempre più vicine, sempre più indietro; e su di noi un bombardamento di tre giorni, stupido e irregolare, che uccideva i soldati nei ricoveri e i muli sulla mulattiera.

E mai più notizie: ma tre giorni fa è partita la fortezza, e ieri la batteria da 75, e stanotte anche la montagna; poi una compagnia del battaglione è stata buttata, d'urgenza, in fondo valle; e stamane siamo rimasti soli, una compagnia sulla cima battuta, e qui sui fianchi e al fondo valle l'attacco, e allora l'angoscia che se in fondo valle non tengono — ma sono i fieri alpinotti del Monrosa, grazie al cielo — si rimane intrappolati come coglioni.

E adesso la differenza fra noi e gli altri soldati; che marciano filano se ne vanno, bagagli casse di cottura aggeggi al seguito, ingombrano le strade, si ritirano lontano da questo inferno e da quest'ansia, diffondono le notizie che i conducenti portano su, pur reticenti, e ogni volta con l'allegro stupore di trovarci ancora. Ma se domani nella gloria del contrattacco saremo alle calcagna del nemico che scappa, saranno alla pari con noi. Amen.

Cima Dodici dunque è caduta? Ma noi la vediamo dietro a noi, e bisogna torcere anche il collo. Ma allora noi? E l'Italia?

Noi si deve star qui, ad ogni costo, fino a stasera a buio. Assistere impotenti alla discesa, dalle cime di contro, dei battaglioni nemici, e non uno schizzetto da montagna per accopparli! Stamattina gli abbiamo respinti, ed anche i fianchi si sono disimpegnati, pare

— ma la giornata si trascina implacabilmente lenta per un cielo pieno di luce, e l'agonia dell'attesa è più amara per il senso di crollo che incombe, senza che sappiamo nulla di preciso.

A mezzogiorno, un salto al comando a prender notizie. Sulla soglia del baracchino il maggiore, gli occhi vivi segnati dalle veglie, pipetta spenta, si tormenta il pizzo grigiastro.

— Venga qua. Ha fatto l'esame di coscienza? Stasera siamo tutti circondati.

— Ma no.

— Ma si, glielo dico io. Posti avanzati, già, posti d'onore. « Mi raccomando a loro — imitazione della voce d'un ufficiale della divisione —. Se loro non tengono duro fino a stasera, compromettono la ritirata ». E noi si tiene duro, e poi ci chiappano, e allora abbiamo lo scorno e le beffe.

Una buona bestemmia per aiutar la parola ritrosa ad uscire.

— E poi loro hanno la gloria e la pappa. Ma noi, perchè si sta aggrappati con le unghie e con i denti dove ci schiaffano, perchè siamo buona razza scarpona e gente con la testa dura, andremo a Mauthausen con una gamba rotta — se la ci va bene. Quando ci sarà poi la pace e andrò in un salotto verrà di nuovo quella signora a dirmi: Chiel a l'è mac di alpin...

Non ci pensi. Venga qui che ho il rimedio alle malinconie. Ha l'amorosa Lei?

— Eh già.

— Male, perchè sarà tradito, anche Lei. Ma questo

qui, vede, è un amico che non tradisce. Beva. Beva
ancora. Io ne ho bevuti cinque o sei, e adesso sono
più tranquillo. Prima ero nero, sa; nero come la polvere
nera che scoppia sempre fuori proposito. Ne beva un
altro.

E allora il sole rosso nel corpo, calore nelle idee,
spiare con più ottimismo se la sera si decida a rabbuiare
questo cielo lucido percorso da un sole più neghittoso
di quello che obbedì a Giosuè — e se no, e se ci attaccano prima di buio, cercheremo almeno di accop-
parne parecchi, per dar tempo al tempo, chissà che
intanto la Divisione possa mettere in salvo tutte le sue
scartoffie.

Finchè, a sera, a drappelletti, giù a rotoloni per
il bosco buio, adunata a Malga la Costa di là dalla
valle; sicuri delle spalle chè ce le difende Garbari
da Trento, che ha voluto per sè quel posto pericoloso
perchè — dice — conosce bene i posti.

Brucia anche Bieno.

Chiarore nuovo infatti s'aggiunge a quello che dilaga dal fondo valle, luminosità più cruda che atteggia
fantasticamente i tronchi dei boschi e ingigantisce i
profili delle montagne. La ritirata si compie fin'ora
indisturbata, sotto un gelo sottile di pioggia che formicola nel corpo, inzuppa le coperte, grava il cappotto;
— marcia opprimente, dolorosa, chè lassù sulla cresta
nera contro il cielo di rame s'abbandonano senza necessità di combattimento le linee munite, le baracchette,
tutta una vita tumultuosa di due mesi trascorsi a fortifi-

carsi ed a punzecchiare il nemico. I morti lasciamo lassù e le tombe rustiche, le nostre memorie e un brano di vita così intenso che l'amputazione ci duole come della carne raschiata via dall'osso. Ma il nostro compito di protezione è finito: bisogna andarsene, verso un futuro incerto, un buio assoluto di notizie e di previsioni.

Al fiume, presso il ponticello, due ombre nere, immobili.

— Chi siete ?

— Batajun Monrosa. I devuma fè saûté el punt.

— C'è mezza compagnia ancora. Vengon giù a scaglioni.

— Sgnursì. A dev saûté da sì a n'ura.

Dall'altra parte, all'imbocco della mulattiera che riprende su per il costone boscoso, un gruppetto d'uomini che si riposa, tazze di latta picchiate contro i sassi del torrente, crocchìo di denti forti nella galletta.

— Avanti, ragazzi. Che cosa avete lì ?

— Gh'avemo el morto, sior tenente. Panato Giovanni.

— È già morto ?

— Siorsì. A Malga Lopetto el ga trà un sospiron, po el xe restà secco.

L'ultimo colpito della giornata. Un colpo stracco d'artiglieria buttato a caso sulla montagna gli aveva fracassato il fianco. Ma portarlo via, bisogna, anche se morto, chè i nemici non lo spoglino e lo lascino a marcir fra la neve ed i ginepri. Gli faremo una croce, scriveremo sopra il suo nome, il numero della compagnia, e dormirà in terra consacrata, in mezzo a noi:

sentirà ancora alla mattina Collet che porta il caffè alle piccole guardie e chiama: Moca! quando il cielo schiara da oriente e le vedette aguzzano di più gli occhi perchè è l'ora che i tedeschi attaccano.

— Sior tenente, go paura ch'el vaga a far el furier d'alogiamento, el morto; ch'el sia andà avanti a prepararne el posto a l'altro mondo.

Una risatina in sordina; la tazza nel tascapane, tintinnìo di metalli urtati, la breve carovana ricomincia a salire di nuovo.

— Sior tenente, parcosa po' se retiremo?

— Mah! Ordini così.

— Sior tenente, el m'a contà Patricelli che quei porçei de todeschi i xe rivai a Çima Undese e a Çima Dòdese. Alora sì che staremo ben!

— Sior tenente, parchè no semo restai in çima al Sètole? Bombe a man e fusilade, ostia, voria vederli sti musi de Mòcheni a ciaparne le posision!

Hanno ragione, di chiedere. Ma che sanno loro, ma che so io di quello che succede? Nulla. Si combatte si va si resta, numero nella massa enorme che ondeggia, che manovra su questa fronte di montagna dai ghiacciai ai giaroni dolomitici — e nel cuore un rancore sordo, uno strazio di non sapere di non vedere, ombre nel fondo d'una valle nera che vanno senza una risposta al loro domandare, rifuggendo da un male ignoto, affrettando a Dio sa quale male maggiore. Gregge. Domani ci diranno: Alt, e muori qui. E si morderà la neve lì, ignorando se ciò ha giovato o no, se almeno il sacrificio vuol dire una vittoria duecento chilometri più in là, per lo meno un paese salvato dal bombardamento, una riscossa favorita per più felici tempi. Sì, a bombe a mano e fucilate, e l'incitamento che pare venga dalle malghe laggiù dove la moglie attende alle sconcianti fatiche da uomo, il nemico lo avrebbero contenuto, questi alpinacci brontoloni. Ma dispacci cifrati e sigle e misteri ronzano le notti nei fili, quando noi s'è all'appostamento: e c'è lontano lontano di qui, in un bel castello ovattato di tappeti e di arazzi, un ufficiale che scrive, un dattilografo che copia, un piantone che esce, un colonnello che sagramenta: la nostra mitologia, gli dèi misteriosi che tirano i fili del nostro destino.

Questa è la guerra. Non il rischio di morte, non la rossa girandola della granata che acceca e seppellisce in un turbine sonoro (« quando si leva che intorno si mira — tutto smarrito della grande angoscia...»): ma sentirsi così marionette nelle mani di un burattinaio ignoto, gela talvolta il cuore, come se la mano di un morto l'afferri.

Inchiodato alla trincea finchè non viene l'ordine del cambio, improvviso come la cannonata o la tormenta; avvinto al rischio in agguato, al destino segnato dal numero del plotone dall'elemento di trincea, e non levarti la camicia quando vuoi, e non scrivere a casa quando vuoi, e anche le più umili esigenze della vita segnate da una regola fuori di te — questa è la guerra. Non la conosce il corrispondente che viene in trincea a vedere come ci stiamo; non la conosce l'ufficiale di stato maggiore che viene a cercarci una medaglia. Quando ha appetito o fifa o sodisfazione del lavoro compiuto tira fuori l'orologio e dice — È tardi, debbo andarmene —. E se ha preso i pidocchi, quando arriva a casa fa il bagno.

— Anche Castelnuovo brucia — disse Porro.

Ed un uguale crepitìo di fucilate vicinissime salì d'improvviso dalla valle, punteggiato dalle detonazioni più cupe delle bombe.

— Attaccano in fondo valle.

— No. È il magazzino di Pontarso che brucia.

Ma un ticchettìo di fucilate scese dall'alto della montagna abbandonata, e disse qualcuno:

— È il tenente Garbari con la retroguardia, che è attaccato.

— Son za qua, Dio bestia. Gnanca el tempo de dormir, no i ne lassa.

Nessuno risponde. La marcia arranca lenta nella oscurità rossa, nel pacciume pesante del fango e della neve, per la mulattiera erta. La stanchezza delle lunghe notti vigilate s'aggrappa allo zaino, il sonno lega le membra: nel corpo quattro morsi di galletta, nell'animo la desolazione delle cose che si abbandonano per sempre. I brevi alt — corpi buttati a terra, e dopo pochi istanti già il ronfare di qualcuno — non fanno che stancare di più. Lo stomaco vuoto brontola: ma bisogna andare adagio con i viveri di riserva — non ci sarà, no, Collet col rancio a Malga la Costa, ma

forse si troverà l'ordine di andare ancora avanti. Non
si bestemmia nemmeno più. Si va meccanicamente,
senza pensare; il sonno blandisce con tentazioni atroci
tutte le membra, passa con dita lievi sul volto, sussurra
vigliaccherie infinitamente dolci. Che importa la ritirata, gli incendi, il rischio dell'attacco? Trovare un
poco di paglia, un poco di fuoco sul rovescio; dormire,
sognare la casa lontana, dove il letto è così grande e
tiepido.

E la notte tormentata dagli scoppi, crinita d'incendi,
scivola fredda sulle montagne verso un'alba minacciosa
e livida.

Il bosco dirada. Appare l'orlo di una colletta, due
ombre intagliate sul cielo. Vedette. Ci siamo.

— Chi va là?
— Alpini.
— Parola.
— Ostia, Sacramento, no te senti, paese, che semo
alpini, Dio Madonna?

La vedetta si persuade a quel fiotto di bestemmie
paesane.

— Avanti.

Più avanti, ecco il maggiore, che parla con un
altro, incappucciato, grosso: il colonnello, dev'essere.
Pochi ordini stizziti. Gli uomini si fermino sotto, in
gruppo; inutile fare le tende; dormano pure. C'è già
una compagnia, arrivata; e ci sono due altri battaglioni
che si sono ritirati da un'altra parte. E un intrico di
salmerie, muli ritrosi, bestemmie di conducenti, urti

di zoccoli ferrati sul sasso. La notte declina: nuvole più chiare si sfilacciano sulla valle dalla parte di oriente.

— Vien qui, Monelli, se vuoi dormire. C'è un copertone.

E sdraiati sul copertone, rannicchiati sotto un telo da tenda su cui la pioggia batte dolcemente, a pugni chiusi, ci si abbandona finalmente al sonno.

Poi sveglia brutale (già dormendo s'è sempre avuto l'incubo di marciare), sonnacchioso ritrovarsi degli ordini chiusi, l'appello, partenza. Mangiare, un po' di galletta, mezza scatoletta. Piove. Dagli abeti fradici sotto cui si sfila imbronciati stillano freddo e tristezza. Il cielo non ha colore, non ha ora — un perpetuo crepuscolo fuma dal suolo e ondeggia basso dalle nuvole. In marcia verso posizioni di montagna ignote, senza un reticolato, senza un elemento di trincea, donde contendere il passo al nemico che dilaga. Salendo si ritrova un nevicare largo e senza vento, che aduna un'uguale desolazione sul suolo, fascia l'animo in un uguale rimpianto di luce e di caldo.

E questo pugno grigio di uomini perduti sull'enorme dosso nevoso, nel crepuscolo di tempesta, sono i tuoi difensori, Italia. Fra le tue blandizie primaverili e l'avidità del nemico non ci sono che questi sbrindellati, Italia che maturi ora le ciliege rosse nel sole e sebbene il pericolo batta alle porte te ne freghi un poco, e le tue fanciulle spingono i piccoli seni novelli fuori e gli esonerati si comperano il cappello di paglia. Fiorite

sicure in pace, fanciulle italiche, e ricercate sicuri nella
tarda notte il vostro letto, imboscati. Arrotondino la
pancia senza tremare i fornitori che ci hanno mandato
queste bombe che non scoppiano e queste scarpe che
scoppiano da tutte le parti. Qui Zollet vi difende,
vecchio che arranca bestemmiando per l'artrite, ma geloso del suo fucile, che domani colpirà giusto perchè
gli ha dedicato il grasso della sua scatoletta; qui Cecchet vi tutela, che lavorò vent'anni in tedescheria e
quando fa le mine parla tedesco e dice *fertig* e *Feuer*
come ha appreso nelle miniere della Slesia, ma è il
più mulo della compagnia, e si ostina a portare con la
sua squadra un macinino di mitragliatrice Perino. E
Smaniotto che è già stato ferito tre volte, e Cesco
che è figlio unico di una vecchietta che vende la frutta
sullo stradone di Primolano, e le manda cinque lire al
mese. Bravi ragazzi, ciarloni e lavandai, ma taciturni
quando il lavoro è duro, segnati dalla loro aspra vita
d'una serietà triste e attonita, che non hanno nemmeno
la speranza di andare ad istruire le reclute come il tenente, e se non gli piglia la ferita non hanno altro
miraggio che quindici giorni all'anno per potersi sbor-
niare senza paura dei carabinieri. Che cosa hanno avuto
essi di questa patria per la quale sono ora il più saldo
baluardo, che gli fu matrigna e gli spinse alle miniere
della Vestfaglia e alle strade della Galizia, e gli ha
richiamati di tanto in tanto a caricarsi lo zaino? Ma il
concetto di patria coincide in essi con un senso oscuro
ma efficace di dovere. Imperativo categorico. È dovere.
Lo hanno appreso nei primi anni da ragazzi fra le

montagne rudi, ove la vita è segnata da sbarre definitive che non si posson varcare, con rigore di stagioni, con asprezza di elementi, con difficoltà che richiedono per essere superate accorgimenti ripetuti ed uguali. E sole gioie al corpo l'abbraccio con la ragazza che poi bisogna sposare — dovere —, il vino che fa dimenticare gli affanni — ecco perchè si sborniano. E non altro riposo che guardare il fumo della pipa vaporare contro linee di montagne o lontananze azzurre che non tentano. E per i più, poichè la montagna dà poco, l'emigrazione all'estero ed il lavoro serio tenace duro, fra gente ignota e che non s'ama, sotto una regola ignota e che non s'indaga: la galleria di cui non si conosce lo scopo, la strada che conduce a plaghe sconosciute e che non percorreranno, dopo, quando l'avranno finita e santificata con qualche morto. La vita gli si prolunga così nel pensiero fino ad una vecchiaia che consenta di tornare per sempre al paese natìo, guardando più pacati di tra il fumo della pipa le lontananze azzurre che non tentano. Segnati di questo stampo austero, sono venuti alla guerra come ad un nuovo aspetto della loro vita dura — vi hanno trovato lo stesso dovere ferreo — vi hanno portato lo stesso coraggio serio e sereno. Ed un confuso senso di comunione con questo suolo che sanno scavare, con questi alberi che sanno abbattere e squadrare e polire, con queste rocce che sanno afferrare ed incidere, è il loro amor di patria.

E le bestemmie che tirano per scandire la marcia — il cappellano lo sa benissimo — non sono che un mezzo magico per sopportare la fatica, simile all'ansito ritmico ad ogni colpo di pistoletto, simile all'aha aha quando tirano un pezzo da 149. Una buona bestemmia disimpegna l'otturatore che s'incanta, spezza in due la galletta, aiuta ad infilare le scarpe gelate, strappa il tappo della bottiglia di grappa che l'amico conducente ha regalato — lui che viene dal tepore della stalla — perchè metta un po' di caldo dentro.

E se il tenente non postilla il suo discorso con un moccolo, perde tutto l'effetto oratorio — come è inutile affibbiare dieci di rigore se non si appoggiano con un buon calcio dato con tutta la pianta del piede — alla maniera del colonnello Ragni.

Turin è dello stesso avviso, spalle come un armadio e un testone tondo sul collo corto (il testone glielo ruppe una scheggia a Sant'Osvaldo e ringraziò il cielo che aveva un elmo Farina se no andava al Creatore — adesso per riconoscenza l'elmo Farina non lo smette più).

— Non ubbriacarti più, Turin.

— El me domanda l'imposibile, sior Tenente.

— Almeno non farti più vedere da me ubbriaco.

— Questo sì, sior tenente.

— E se ti vedo ubbriaco ti caccio dentro.

— Cossa me vollo metar drento! El me daga su la testassa, alora, ch'el ghe daga su la testassa de sto sucòn de Turin che no 'l sa gnanca farla franca!

Attendàti sulla neve a mezzanotte. Ma alle tre abbiamo dovuto andarcene di nuovo perchè se no qualcuno si svegliava gelato. Ripartiamo verso la forcella, sotto la pioggia, nel rombo del combattimento a valle.

L'alba chiara, la mattina fresca, e poi il sole sulle cime raggiunte ridànno la vita. Ma non c'è tregua.

Allarmi, ancora. Il nemico insegue. Cannonate, fucilate, rapido costruire di ripari. Fame. A notte, allarmi, tormenta, gelo: non si dormirà dunque più?

---

26 Maggio.

E all'alba salgono i due bei battaglioni ungheresi che vengono dai riposi della Serbia all'allettante conquista d'Italia, rimessi a nuovo, bei ragazzi giovani, vigorosa riserva dell'Imperatore. Giungono nella nebbia, reticolati non s'è fatto in tempo a farne; la prima linea è un velo, urrà! e son dentro alle linee. Hanno dunque vinto! La certezza della vittoria l'abbiamo ritrovata, dopo, sul volto proteso di tutti i morti, stroncati dalle bombe, fulminati, baionettati: con quella certezza son morti. Chè c'era, indietro, il battaglion Feltre. Che era stato portato via la sera prima dal fondo valle — e i soldati credevano che s'andasse a riposo; e quando gli avevan fatto fare a un certo punto per fila sinistr, avviandoli per quel sentierino da bestie nella notte e nella pioggia, avevano incominciato ad ostiare, ed erano giunti proprio allora dopo sei ore di marcia affranti e arrabbiatissimi. E al grido di allarme, e al grido di trionfo degli ungheresi, son balzati, hanno sfogata la loro rabbia su quella gente. Pochi minuti di mischia, con le bombe, con le baionette; i serventi delle mitragliatrici ungheresi sono uccisi sull'arma; i conquistatori tagliano la corda, s'arrendono: mitragliatrici nostre fulmineamente portate innanzi, piazzate sul fianco, chiudono il varco a chi scampa; chi sarà tornato, dei bei battaglioni ungheresi, a raccontar la sconfitta?

Ed ecco balenò d'improvviso il sole; s'aprirono alla vista le più lontane montagne lavate dalla pioggia, le montagne di Feltre violacee e turchine; e dietro brillavano i fiumi del piano, le case del piano s'accendevano nel mattino. Così soave si offriva la dolce Italia ai suoi difensori, così canzonatoria rideva agli occhi stupiti dei prigionieri.

I soldati si buttano per il bosco a cercare i morti, gli portano via le belle scarpe nuove.

La notte discende presto con neve, tormenta che ci fruga sotto la giubba fradicia, ci frusta in grandine fina sul viso. Siamo turgidi d'umido, la fame affloscia il ventre vuoto dove danza la mezza scatoletta insipida. Sotto le tende vuote, senza saccopelo, senza coperte, ci si avviticchia l'uno all'altro per suscitare dai nostri corpi un poco di calore. Ma ad ogni istante un allarme, un ranocchiare di mitragliatrici obbliga a balzar fuori, a distenderci sulla neve e frugare con occhi pesanti il buio. Fuori l'uragano è ostile ed atroce come un nemico tangibile, il freddo smaglia il cuore più che il rischio, pare che la montagna si sollevi per scacciarci da sè. E se l'allarmi cessa, sotto i teli che schioccano non c'è riposo:

la congelazione è in agguato e formicola sotto le scarpe, il sonno martella le tempie e il cranio con pugni pesanti. E se chiudo gli occhi sogno che un saccopelo umido m'avvolga nel fondo d'un mare freddo.

E la mitragliatrice richiama fuori, ancora. Ancora la notte m'assorbe con il suo succhio selvaggio, spreme dalle vene irrigidite quel poco di sangue che ci sia rimasto No, ecco, così non si vive più. La tormenta s'avventa con tentacoli aguzzi e mi squassa, ed io tremo desolatamente, e se la fucileria s'è taciuta è solo perchè più sonora urli la tempesta alla mia dedizione. Così sia. Venga dunque una buona volta il nemico e mi prenda e mi trascini dove vuole e m'uccida. Amen. Già può venire l'allarme, chi ci riesce a tirare fuori ancora una volta i soldati dalla tenda? Patria, famiglia, dovere .. parole, parole senz'eco nel mio spasimo. C'è una tempesta di neve che tutto travolge, c'è qui uno straccio nella notte che batte i denti e non pensa e non vuole, s'abbandona all'uragano che se lo meni e se lo batta come si fa d'uno straccio.

E questo è ancora un allarmi? Un soldato ansante urla alle mie orecchie qualchecosa di serio. Guardo l'uomo, non penso alle sue parole, penso come è possibile che non avvinca anche lui questa rete di gelo umido che mi paralizza. Nemico, sotto il ciglio, vedetta sorpresa... Ombre sfilano dalle tende verso la trincea di neve: non so se li ho chiamati io, ma vengono ancora una volta, i bravi ragazzi. Viene anche Zanella, con una bottiglia di vino. Non domando per quale miracolo abbia trovato una bottiglia di vino sulla montagna sconvolta — ma mi ci attacco al collo, ed ecco, il sole rosso si riaccende nel corpo, torno buon soldato, un calcio proietta un riluttante nella buca e insuperbisce la mia vigliaccheria.

I soldati, propagginati nella fossa di neve, ululano nello stroscio delle fucilate il loro tormento di dannati.

Il Colonnello Ragni dice che farà passare in fanteria l'ufficiale delle salmerie che non gli manda del vino. Acqua dal cielo ed acqua nel corpo, si sente già le rane nella pancia. Il suo grande riso rosso getta sprazzi di coraggio su tutti. E il mio maggiore si stuzzica la barbetta grigiastra, e se la granata incomincia a graffiare il cielo, va a fare quattro passi per questa colletta calva e liscia come una mano. Ma Bosio ha del vino, lui. E se gli si porta un biglietto, dice: — Ca beiva, che ai n'je dcò par chièl. — Poi fa le sue confidenze. — Mi volevano mandare dei reticolati, ho risposto che è inutile, perchè si va meglio alla baionetta, quando si è senza.

Questi uomini respirano il coraggio come questo vento robusto. Non ci si figura come siano vissuti nel flaccido tempo di pace: si pensa che siano venuti fuori per questa guerra a impersonare in sè la tranquilla volontà del battaglione che deve andare a morire. Si dipingeva l'eroe un asceta trasumanato dal disprezzo della vita. Ma costoro hanno la stoffa di tranquilli gaudenti, e non parlate di donnine al maggiore chè gli brillano subito gli occhi. No, non sono maturati da letture severe, nessun proposito di rinuncia batte al loro cuore sano. Ma ecco, il loro battaglione da dieci giorni combatte e marcia e digiuna nel vento e nella pioggia, invia barelle in fondo valle, molti buoni alpini mettono le scarpe al sole, si comincia a brontolare sordamente contro i comandi che ci abbandonano, contro la sussistenza che ci affama, ed essi hanno il viso sereno e calmo e affissandolo ce ne viene come una sorsata di grappa; e se l'austriaco attacca, balzano in testa al battaglione con una bestemmia, nessuno resta addietro, e il combattimento diviene una rossa festa allegra.

———

Che cosa importa se il sole porta il bombardamento? Ma è il sole, finalmente! Vaporare degli umori di quindici giorni, stordimento di asciugarsi a quel tepore.

———

Ordine di fare una scappata in Italia per servizio. A rompicollo per il sentiero battuto, verso Bieno bombardato.

Bieno è tutta una rovina. Le bifore nere son salve sul muro incendiato; l'affresco è scomparso. Fetore d'incendio, odore di cose morte. Ma fuori alla campagna m'attende la primavera. Calda odorosa turbante. C'era dunque la primavera al mondo, e noi non lo sapevamo lassù, confitti al perpetuo inverno! Mi rotolo ebbro sul prato, abbevero gli occhi aridi di verde, procedo stordito, sonnambulo, sulla strada bianca.

———

— Tu vieni da Monte Cima ?

Rispondo di sì con un poco di gloriola. Penso che il tenente m'ammiri. Monte Cima, ostia, vuol dire il nemico fermato, un caposaldo conservato, il tuo pranzetto soave che m'hai offerto, collega, garantito da quel nostro tener duro lassù. Guardo i gigli sul tavolo, dalla finestra aperta un affaccendarsi di piantoni, un attendente esce con un paio di gambali lucidi, un sergente nella casa di contro si fa la riga davanti allo specchio... guardo tutto ciò con un'aria di protezione benevola. E il tenente mi dice:

— Stai attento che se il Generale ti vede con quei capelli lunghi ti caccia dentro.

Anche il Capitano s'informa se vengo da Monte Cima.

— E dove va Lei ?

— E il foglio di viaggio dov'è ?

Rispondo che non ce l'ho, che lassù non ce n'è, che m'hanno detto che me lo faranno al Comando della Divisione. Ed allora il capitano scatta:

— Ma questi battaglioni che non hanno nemmeno il cofano di cancelleria con sè, che cosa fanno, per Dio ?

Vorrei dirgli che, modestamente, qualche cosa abbiamo fatto. Ma è così incazzato, con quegli aiutanti maggiori che non sanno fare il loro mestiere, ed il sergente che viene chiamato a un suonare stizzito di campanello mi guarda con così evidente aria di meraviglia quando sa che non ho il foglio di viaggio, che comincio a pensare che veramente il torto è nostro. E non dico più nulla. Se sapessero poi che l'aiutante maggiore sono io!

A Castelfranco Veneto mi dice il tenente del Commissariato:

— Quando finisce questa guerra ? Sarebbe ora che finisse questa guerra. Io, vedi, con questa guerra non ne posso più. Auff, questa guerra!

Anche la leggiadra dattilografa che ticchetta vicino a lui mi guarda stanca, con due occhioni cerchiati. Dio buono, come sono cerchiati i due occhioni di velluto! Anche la povera signorina deve essere stufa della guerra. Poi ne viene un'altra che porta il protocollo, e se ne va sculettando, carina tanto, con le unghie lucide e troppo profumo addosso. Poi ne entra una terza — mio Dio, come sono belle le donne a Castelfranco Veneto! Questa è la direttrice del magazzino, e il tenente m'affida ad essa con un gesto stanco.

E il magazzino è tutto un affaccendarsi di ragazzone solide, forti, che fanno ruzzolare i sacchi di scarpe ed issano rotoli di coperte all'ultimo piano, schiamazzando, strillando, sghignazzando, facce accese, denti sani che brillano, odor di giovinezza di primavera di prati, trilli di risate che richiamano il tenente fuori dal suo ufficio, poveretto, e deve venire fra quel gineceo sgambettante per mettere un poco di disciplina. Ha ragione, questa guerra è troppo dura per lui.

Mi dice la signora in treno:

— Ma lei che viene di lassù, dica un poco, quando finirà la guerra?

— Non lo sappiamo bene, cara signora. Quando ci viene il cambio e si discende verso le baracchette dove ci si può cavare le scarpe la guerra è finita, per noi. E quando viene l'allarmi che si deve tornare su, allora si pensa veramente che la guerra sia una condanna eterna, un vaso delle Danaidi per questa buona gioventù che gli si caccia dentro.

— Ma lei la fa volentieri la guerra?

— Oh Dio, signora, questa è una domanda troppo difficile. Sarebbe come se io le chiedessi se Lei va volentieri dal dentista per farsi cavare un dente che le fa male. Lei ci va con angoscioso coraggio, non è vero? E così, con angoscioso coraggio, i miei ragazzi si preparano a balzar fuori quando gli si dice che è ora di farlo.

— Io penso che la cosa più terribile sia non potersi fare la barba tutti i giorni.

— Ha ragione, signora. È terribile non potersi sentire rasato e dover mangiare la galletta con le mani sporche. Ma ci sono altre cose che sono forse più brutte: bere l'acqua d'un laghetto dove hanno buttato dei morti, per esempio, o contarsi le dita dei piedi quando ci si cavano le scarpe dopo quindici giorni che le si portano, per esser sicuri che ci siano tutte. Ed è anche triste, signora, vedere partire sulla barella il collega morto, e vedere giungere dopo qualche giorno la sua posta, le lettere di sua madre.

— Ah, grazie al cielo, mio figlio non ha tante idee
per la testa. Ha seguito i miei consigli ed è scrittu-
rale in un magazzino avanzato, oh Dio sì, ma sempre
al sicuro Vuole bene a sua mamma e non vuole farla
morire di pena.

— È bell'esempio di amor figliale, signora. Le signore spartane davano al figliuolo lo scudo e dicevano:
o con questo o su questo. Ma quei giovinotti che ser-
rando con i denti le labbra muovevano contro il per-
siano in falange, non amavano, pare, le loro madri.
Amavano, tutt'al più, la loro patria.

— Ma io me ne infischio della patria.

Chi parla così non è più la vecchia signora. La
vecchia signora tace guardando dai finestrini un rosso
tramonto bolognese, un sole rosso che ruzzola dietro
una fila di pioppi. Generale beone che passa in rivista i coscritti impalati. O non forse, signora, una
bottiglia d'inchiostro rosso di quello che usa Suo figlio
nel magazzino avanzato che s'è rovesciata dietro una
rastrelliera di lapis copiativi?

Quello che s'infischia della patria è il maturo signore dell'angolo. Ha la busta di cuoio consunta del-
l'avvocato o dell'usuraio Ha le scarpe del giallo più
zabaione, la cravatta dell'azzurro più vespertino. E
la faccia è tonda e lucida di cittadino sudore. Il signore corregge l'asprezza delle sue parole.

— Oh Dio, si capisce, la patria si deve dunque
amarla Ma quando ci ruba i più sacri affetti, allora...

« Allora » è il me ne infischio di prima. Si pensa
dove alberghino, in quell'epa agiata, i più sacri af-

fetti. Forse i più sacri affetti sono lo zucchero che oggi gli misurano, la veglia notturna a caffè che un decreto del prefetto gli tronca troppo presto, i bagni di mare al lido che i velivoli nemici gli turbano. Santo Dio, anche per le tranquille digestioni di questi cittadini combattono i miei scarponi, lassù. (Stamane da Bassano che tamburellante insistenza di bombardamento su verso le cime, verso Castelgomberto e Monte Fior!). Sì. E anche per quel sergentino lucido della Croce Rossa dell'angolo, che se amasse la sua patria sarebbe un sergentaccio di fanteria, scalcinato e magro, — e poi non sarebbe qui: sarebbe in tradotta. E anche per il giacchettino borghese del mezzo, a cui i bagordi ed i vizî prepararono il petto deficiente che lo fece scartare alla visita medica, ma liscia con cura i capelli lunghi sulle orecchie e legge la guerra attraverso la interpretazione di Guido da Verona (« Oggi cantano le belle mitragliatrici »).

Amare la patria. Le parole suonano male, ormai, a ripeterle. Si odora qualche cosa di stantio, come quando in soffitta si apre la cassa delle carte che premevano tanto al nonno. Si ha la percezione che siano parole che non bisogna troppo ripetere per non guastarne il senso, perchè non divengano un'accozzaglia di sillabe senz'anima.

Il treno ci lascia nella città notturna, la madre savia, il signore pratico, il sergente azzimato, il giovinotto vizioso; nella città tumultuosa e rumorosa che avvince con tentazioni nuove, che odora di vizio e di

vigliaccheria, spalanca un letto morbido al corpo, suc-
chia dall'animo le resistenze e cancella visioni lontane.
Come si chiama quella troietta lucida nell'angolo del
caffè che mi tenta con gli occhi bistrati? Io l'ho veduta un'altra volta e mi è piaciuta già un'altra volta,
mi pare.

Quando sono entrato nel caffè con le mie scarpac-
cie e — credo — con un po' di puzza attaccata al-
l'uniforme, tre o quattro milordini eleganti mi hanno
guardato con deprecazione. (Guarda, anche i due che
sono stati riformati per adipe ed ora lo arrotondano
guadagnando milioni con le forniture). Ho pensato
che veramente è inopportuno questo mio aspetto sbrin-
dellato nella sala elegante ed ho cercato, timido, l'angolo dove è seduta la troietta che mi par di cono-
scere.

— Tu vieni dalla guerra? — mi dice essa. —
Poverino.

— Come ti chiami?

Ora la creatura dipinta attingeva con il cannello
di paglia e con molta compunzione il succo d'una gra-
natina. Rosso scintillìo di ghiaccio nel bicchiere, e un
cappellino tondo e rosso sulle labbra ancora più rosse
— sinfonia di rosso che avviò per vie nostalgiche il
mio pensiero — come quel sangue di tramonto veduto
dal treno.

E allora mi sembrò che le labbra carmine si schiu-
dessero sulla neve dei denti per dirmi queste parole:

— Non mi conosci più? Non ti ricordi quando eri
studente, che mi incontravi nelle veglie, ai tavolini del
poker, nelle camere separate? Io avevo intrecciato

attorno al tuo cuore una rete oscura, e tu non avevi, allora, tante fisime per il capo. Anche tu pensavi che la patria è un argomento rettorico, e il tuo desiderio scivolava sui miei seni lisci meglio che ora tu sugli sci nella montagna ostile. Che cosa vieni a fare qua giù, illuso? A conversare con il sofo che copre la sua vigliaccheria con professione d'umanità? con il dotto per cui non c'è nulla di meglio al mondo che la postilla elaborata sul margine del libro nella saletta ben chiusa? A chiedere qualche carezza facile al tuo digiuno? Quando nella notte di battaglia ti dissero che la fronte era rotta, che il nemico incalzava, che i croati s'affacciavano dalle forcelle superate alle valli d'Italia, qualche cosa si spezzò nel tuo cuore, e ti strinse un nodo alla gola, e fosti gonfio di sacrificio e d'olocausto — non è vero? Romantico! Non prendi una Strega?

— Venga una Strega.

E il cameriere porta la Strega nella tazzina da caffè. Perchè oggi è domenica, ed è vietato distribuire bevande alcooliche. Con lo stesso cavillo c'è un avvocato, laggiù, che sentendo prossima la revisione della sua classe, s'è arruolato volontario. Già. Nel commissariato. Speriamo che creino un nastrino per i volontarii di guerra, e sarà bel trofeo sul suo petto largo, ove ci sarebbe tanto spazio per la porpora d'una ferita.

Sono ancora parole dell'amica dei tempi universitarî, o di nuovo questo fiato greve del caffè dipana dal cuore raggomitolato il filo delle meditazioni?

-— Vedi, l'amor di patria è una di quelle categorie che si deve sempre ammettere fino al giorno in cui non guasta i tuoi interessi. E tu ce ne hai ancora, o agisci come se ne avessi, perchè non sei un uomo pratico. Viene la guerra — diceva quel tuo amico invasato d'amor di patria. — Bisogna arruolarsi. — Ma non lo faceva, perchè se la guerra non fosse venuta, avrebbe perduto un mese — capisci? un mese della sua vita — a servir la patria. Quando la guerra venne e s'arruolò volontario — tanto, lo avrebbero ripreso lo stesso — si trovò un giorno ad una estrazione a sorte per la fronte. Prima dell'estrazione, gli chiesero se sceglieva subito di partire e lui disse: — Ma che fesserie! Bisogna esser pratici.

Quando voi siete lassù, leggete dei discorsoni sui giornali, non è vero? delle dimostrazioni patriottiche, dei banchetti per commemorare il reduce, e simili cerimonie. Bè, vedi, quella gente lì quando si ritrova a lumi attenuati si strizza l'occhio come l'augure romano.

Ma queste sono malinconie. Non verrai stasera con me nell'alcova a luce violetta? Perchè io sono la tua amica dei tempi vuoti, e il mio nome è il nome di tutte le femminette docili che blandirono la tua ignavia di studente.

No, evidentemente la creatura che decorava con grazia viziosa l'angolo del caffè non ha mai pensato a dirmi tutte queste cose. C'è soltanto — questo sì — l'invito all'alcova a luce violetta nei suoi occhi che

mi hanno versata un'occhiata tiepida pesante estenuante — pioggia d'estate sulla siccità del mio desiderio.

Ma io, invece, sono uscito e sono andato al cinematografo. Al cinematografo proiettavano la battaglia
per la presa di Ala. Che era qualchecosa di buffo, una
concezione quarantottesca, truppe al Savoia! per quattro sullo stradone, piume di bersaglieri e trombe che
suonavan l'attacco, ufficiali caracollanti, austriaci in
fuga in ordine chiuso.

Io espressi le mie proteste e la mia meraviglia con
un po' d'esuberanza. Ma il mio vicino mi guardò brutto
e mi disse:

— Scusi, se non le piace, se ne vada.

— Ma caro signore, non vede che buffonata? Io
che ho fatto la guerra, le dico che la guerra non è
così.

— E che cosa me ne importa? Cosa volete venire
a raccontarmi la guerra come la fate voi! Lasciate che
me la goda riprodotta come me la figuro io.

PARTE SECONDA

Ἀλλὰ γὰρ ἤδη ὥρα ἀπιέναι, ἐμοὶ μὲν
ἀποθανουμένῳ, ὑμῖν δὲ βιωσομένοις· ὁπό-
τεροι δὲ ἡμῶν ἔρχονται ἐπὶ ἄμεινον πρᾶγμα,
ἄδηλον παντὶ πλὴν ἤ τῷ θεῷ.

("Ma giá ora è di andare, io a morire, voi a vivere.
Chi di noi andrá a star meglio, occulto è a ognuno, sal-
\ochè a Dio ,,).   (PLATONE, *Apologia*).

Nel pomeriggio caldo fluiscono i torrenti del di-
sgelo, la montagna si spoglia del suo orpello di neve,
asciuga al sole la pelle lucida e scabra; e profonda la
cima con linee nette nel cielo.

Ancora masticare la ràdica amara del rododendro,
seduto sulla soglia della tenda passare in rivista la so-
lennità delle vette dall'Adamello a Cima Mandriolo.
La vedetta appoggiata con abbandono al muricciuolo
di sassi s'intona così perfettamente al bruno delle
rocce che ne pare una necessaria integrazione. L'anima
della montagna fluisce in lui da quel contatto primi-
tivo e rude: la guerra è in lui una nuova legge di rocce
di neve di cielo che non sa bene donde venga, ma che
subisce con serenità come la tormenta e la nevicata.
E guarda con occhi pigri sotto le ciglia socchiuse —
ma vede lontano e sicuro — la rastrelliera delle cime

di fronte che dovremo bene un giorno conquistare, e
la neve su cui lascieremo il sangue e le peste del combattimento. Domani: ma è lo stesso domani (che importa se più remoto o più prossimo?) che porterà l'inverno e la vecchiaia e la morte necessaria. Vale dunque la pena di angustiarsene? Oggi il sole è buono e
sincero — e che è al confronto il tepore dei tuoi occhi
bistrati, amica bugiarda che vivi nella città artificiosa?

Torpore e tepore fra i sassi. Rombi di mine attenuati, scoppi d'artiglieria poco frequenti sono come
voci di temporale che non toccano il tuo disdegno,
montagna. La granata lorda la tua neve che la soffoca:
la mina incide i tuoi fianchi, gli uomini graffiano la
tua pelle per farsene ricoverò, il loro lordume ti ol-
traggia, la trincea ulcera la tua cresta pura, e tu indifferente, montagna, ti abbeveri di cielo di vento e non
curi. Quando i piccoli uomini avranno chiuso il loro
giuoco, farai crollare con ritmo — che solo a noi effimeri par lento — le gallerie ove si rintanò la loro
paura, livellerai il fianco sconciato dalla strada, il
sole ti porta via la neve con il suo pacciume, i morti
chiudi nel segreto delle tombe di ghiaccio. Ma attendi
un'altra vicenda che a noi pare non essere; continui
il tuo combattimento eterno che ti consuma con ritmo
che solo a noi effimeri pare non esistere.

E di sotto la neve che se ne va appaiono mille
laghetti, taluni ancora fioriti di gelo, ancora freddolosi
ai piedi delle pareti nere, senza fremiti. Il comando
ha il suo lago, ha i suoi sette od otto laghetti la 265.[a]:

uno ne hanno i cucinieri, uno i calzolai. Alcuni sono
tragici custodi di salme: I due tenenti rimasti uccisi
nel combattimento della settimana scorsa a Col San
Giovanni, gli austriaci gli hanno buttati nello stagno
che è a valle del passo di Cinque Croci. Noi non lo si
sapeva, e ne bevevamo l'acqua. Non s'era accorto di
aver il suo lago anche Garbari perchè era ancora sotto
la neve? Se n'è accorto il giorno che camminando tran-
quillamente colle mani in tasca e la pipa in bocca sentì
ceder la neve e scomparve agli occhi attoniti d'una
piccola guardia. Fu estratto che cantava:

> In mezzo al mare
> c'è un camin che fumano
> saranno la miei bella
> che si sconsumano....

(per apprezzare la canzonetta ci vuole un angoletto di
baracca la sera che s'è trampellato tutto il giorno nella
neve, e sulla tavola c'è una fila di fiaschi pieni e per
terra un buon numero di fiaschi vuoti. Ripetere tre
volte i primi due versetti, tutto il coro s'accanisca sugli ultimi due.

   — E l'aria?
   — Ecco l'aria:

Cantava dalla gioia di avere anche lui il suo lago.
Ora fioriscono le genziane sulle rive sassose,, una zat-
teretta riga le pigre acque brune.

Ma il lago più bello non l'ha nessuno, perchè
adesso è in seconda linea: ed ha un nome così romantico che a ripeterlo adagio con il suo ritmo novenario
si fantastica di cose impossibili e si pensa alla bambina: il lago di Costa Brunella.

Il lago di Costa Brunella
orrore di pareti nere
oscure acque leggere
nella solitudine enorme
del taciturno senato
dei macigni canuti.
Solo nel ricordo son l'orme
dei nemici sopravenuti
per macchinare l'agguato
lungo le rive impassibili
del lago di Costa Brunella.

Il meriggio stagna
nel cielo, l'accidia
del cielo riflettono lisce
l'acque, il silenzio polisce
di purità la montagna
dove s'accolse l'insidia,
il lago che chiude il segreto
dei morti, che vigila il sonno
dei morti, e per essi fiorisce
le rive di genzianella,
il lago di Costa Brunella.

Ripeto adagio
le sillabe romantiche

si pensa a due occhi imploranti che
sanno un segreto
ad una bocca dolorosa
nell'ombra delle chiome che vuole
parlare e non osa non osa.

Quando si arriva di notte che dall'alto viene un cantare di soldati e la nebbia corre a rannicchiarsi nel cavo delle pareti di roccia e il laghetto fuma (le nuvole vi fanno sopra le capriole) e pare che le baracche, siano dolci come salottini rossi dove Sakuntala versa il tè nelle tazzine rosse e invece c'è dentro un attendente che spidocchia il saccopelo — NOSTALGIA. Il mulo che porta le tavole e le cartuccie, la ghirba gocciolante e il gabbione che s'aggrappa ai rami penzoli degli abeti, non soffre la nostalgia e non aspetta la licenza.

(Non è vero. Pensa la Beppa che è cieca d'un occhio e se fosse un soldato l'avrebbero riformata: a giugno l'erba era alta e tenera e chiarella e fiorita di gigli dallo stelo più dolce dell'acqua di fontana. E c'erano pascoli su cui galoppare era un'ebbrezza. E non dovevo rampicar le crode con queste tavole lunghe che mi battono il muso e le orecchie.)

Tutte le cose sono ovattate di nebbia. Il battaglione sfila silenzioso verso il combattimento. Faccie serie — fatue. Decisione segnata ai lati della bocca sigillata. La nostalgia diviene ansia d'andare più oltre. Non anneghittiremo l'anima guardando una terra promessa fra gli intercolunnii del sonno (il dolce piano fra gli intercolunnii dei cipressi). Non cipressi, qua su, solo il ginepro nano. E due ginepri nani strisciano sulla tomba recente del caporal maggiore Facchin colpito dal fulmine, con altri tre della piccola guardia.

Nuvole investono, nuvole respirano l'alito nostro, esiliati dal sole. Ma il capitano che segna col dito, il ferito sulla barella, la linea pupattolesca delle bombe a mano, la pancetta dei sacchetti riempiti di terra, il mulo che va tranquillo nella cannonata, sono le cose della nostra vita. Separate dal mondo dell'altra gente da una barriera più forte di quella della morte che separa le nostre canzoni dai colloqui malinconici dei defunti.

E un ticchettare di macchina da scrivere è umoristico nelle pause della mitragliatrice.

Ricomincia, per noi, la guerra combattuta.

Ed ora il fardello delle cose vane dietro la schiena. Che vale domandare se ci butteremo per là via di Trento o se hanno bisogno laggiù di una diversione o di riempire i bollettini ?

Oggi non siamo più quelli di ieri, curiosi al bombardamento, tranquilli ai soliti servizi di vedetta. Oggi il bombardamento che si sferra su di noi ha una logica connessione con una serie sicura di avvenimenti, la ruota ha ripreso ad andare e già siamo afferrati dentro anche noi.

E le baracche che abbandoneremo sono già cose morte per noi. Ne abbiamo distaccato la nostra anima che aderiva da un poco, pigra, a quell'agio, a quella coperta rossa, a quell'angolo muscoso di rocce (angolo morto). E il vino giungeva troppo regolare e il cuoco si raffinava troppo nella certezza che il mulo veniva ogni giorno con la spesa. Ma il destino ci scaraventa di nuovo, con un calcio, nella mislea. E intorno, tutto è nuovo, freddo, nemico.

Sopra il tumultuare, l'accavallarsi delle basse nuvole, un pallore sinistro di sole sulle alte cime bigie contro il bigio del cielo; tristezza di crepuscolo che batte al cuore spalancato ad accoglierla, con presentimenti, con rimpianti, con timori. È l'ora in cui chi morirà domani scrive la lettera presaga alla famiglia.

Ma nulla il bombardamento su di noi al confronto di quello che s'accanisce sul Cauriòl conquistato e lo vela di nuvolaglia orrenda. E si pensa con accoramento ai fratelli alpini che lassù tengono duro.

Tengono duro. Se no che vale che Carteri sia morto, che fu il primo a porre il piede sulla vetta? Ma il suo attendente che lo seguiva, i Kaiserjäger che lo videro piccolo e goffo lo ruzzolarono con un urtone giù per il pendio fino al reticolato. E lui si rialzò, si scrollò e urlò il suo incitamento e la sua rabbia al resto del plotone che balzò dietro a lui sulla cima. E adesso, non si parla più di mollarla, la cima, e bisognerebbe ribattezzarla col nome del tenente che l'ha santificata col suo impeto di sacrificio.

Questo ce lo racconta Garbarino il piccolo, faccetta tonda e ilare, gli occhi lucidi dietro gli occhiali a stanghetta, fratello del Garbari da Trento del nostro battaglione che è invece barbuto e stizzito sempre come una suocera. Garbarino aveva i lanciaspezzoni. Un magnifico arnese di guerra. Le bombarde ? Si vadano a nascondere. Pensate un poco : gittata massima di uno spezzone cento metri, raggio d'azione, duecento. È portentoso. Con quei cocafuoco ha partecipato ai primi due giorni d'azione, volontariamente, perchè è d'un altro battaglione che non c'entra. Adesso è qui fra noi, di nuovo, ancora ebbro della battaglia. Ma cavargli le parole di bocca è uno stento.

— Garbarino, hai lavorato bene con gli spazzoni ?

— Uhm ! Ammazzati molti, ne ho.

E sorride ad una sua visione interiore che non vuole rivelarci.

— Garbarino, come si stava quando hanno cominciato a bombardare ?

— Uhm, male.

Non dice altro, e sorride ancora al suo ricordo di quelle ore tragiche. Perchè se lui dice che si stava male, doveva essere un inferno lassù.

———

Sotto la pioggia densa, nella notte oscura come un sotterraneo, per sentieri vertiginosi (si va tastando la roccia, ma un mulo è tombolato giù per la montagna e s'è fracassato là sotto); poi nell'alba chiarita a vista

d'un velo di neve sulle cime più alte, per boschi trepidi teneri, fra un crosciar d'acque schiumanti; su per
una ripa da bestie verso la nuova sede di combattimento, verso il truculento Cauriòl — a dare il cambio
ai territoriali del Val Brenta che ieri hanno visto
le streghe, lassù, ma, ostia, il Cauriòl l'hanno tenuto.

S'arriva a notte sotto la pioggia. Verso l'alba mi
appoggio, affranto, alle ginocchia di un alpino che mi
trovo sotto mano, e m'addormento. Dopo poco mi
sveglio intirizzito e scuoto violentemente il corpo disteso ed immobile del soldato.

— Svègliati, pelandrone.

Non si sveglierà più, il pelandrone. Era un morto,
il mio cuscino di stamane.

Nel mio buco iniquo di sasso crollante e di terra,
asilo di millepiedi e di ragni, Zanella sente il bisogno di far dell'eleganza. Dispone sul saccopelo la
coperta rossa, appoggia uno specchietto al sasso, nel-
l'angolo in fondo una scatola di biscotti inglesi che
m'ha mandato il tenente d'amministrazione. Home.

Bombardamento. Ora siamo avvolti nella nuvolaglia degli scoppi, e chi ci vede dal basso gli si strin-
gerà il cuore pensando a noi. I colpi picchiano il sasso,
sgretolano le roccie, le scheggie partono moltiplicate.
Cauriòl, mite nome d'agile saltatore! Così. Bocconi
sul terreno nell'angoscia che non si scava sotto il nostro desiderio per crearci attorno un riparo sufficiente,
offerta all'acqua alla neve alla granata, distesa di

corpi sulla cresta flagellata dal vento, martellata dalle mitragliatrici. Il giorno non ha ritmo di luce : un uguale crepuscolo dall'alba alla sera; non ha altre cesure che la ripresa del bombardamento. Preceduto da un ansimante cigolio — tutta l'anima tesa per non pensarlo, per non vivere quest'agonia dell'attenderlo — arriva e scoppia il 321. Tutta la cima trema, crolla, s'impenna. Troppo grossi, questi proiettili, per questa sottile lama di ghiaccio e di roccia, così romantica iermattina dal basso nel velo dell'alba!

Alla sera viene su la corvè delle scatolette di carne, della galletta, dei gabbioni; cominciamo a grattare la roccia col piccone, a forarla con i pistoletti, a sventrarla con le mine; dentro, bisogna entrare, nel vivo della montagna sconvolta, per avervi riposo un giorno, per avervi pace una volta, per dormire un poco tranquilli.

Ma allora le mitragliatrici cominciano ad agucchiare in fretta nell'oscurità, e ricuciscono infaticabilmente con fili di morte i lembi della notte che la granata squarcia.

<hr>

Comandare il plotone sulla cima voleva dire morirci, come il bravo Morandi, o per lo meno restare feriti. Ogni giorno uno se ne andava. Adesso c'è il sergente maggiore Silvestri che ha più fortuna. E stanotte, durante l'attacco notturno, s'è difeso bene, con i suoi vecchi. Hanno scaricato tutte le bombe a mano che avevano, poi giù sassi e rocce sul nemico ammas-

sato lì sotto. Ed il nemico era sempre più incalzante
e non c'era più nulla sottomano, ed ecco il sergente
maggiore scaraventa giù due casse di cottura e il
sacco del pane, accompagnati da un fiotto di bestemmie da far crollare la montagna.

———

Mattacchioni, alla Divisione. L'altro giorno che
s'era appena giunti sulla cima e c'era un casino di granate shrapnells fucilate fango neve urli, appena installato il telefono arriva un fonogramma che dice così:
Prego pesare dieci pagnotte e comunicarmene il peso.

Che cosa sarebbe successo se il maggiore avesse
risposto: Mandatemi una bilancia? Avrebbe preso gli
arresti. Ma lui, filosofo, ci ha bevuto sopra.

———

Ad uno ad uno i vecchi alpini del mio plotone se
ne vanno. Oggi è morto Monegat il rosso, classe novan-
tatrè, sfacciato esploratore, soldato in gamba, buon
ragazzo affettuoso. Un giorno che s'era tornati da
una pattuglia faticosa e pagai il vino a tutto il plotone, mi venne a ringraziare solennemente, e per quel
vino m'amò sempre poi, buon cane fedele. Un'altra
volta che dovevamo vedere se alla stazione di Marter c'erano i cecchini, noi ci fermammo fuori del paese
cento metri e lui fu comandato di punta, per provare. Domandò solo:

— Se i me ferisce, no stè a lassarme fora. Venì a ciaparme.

E andò.

Gli abbiamo trovato una cartolina, indosso, per la famiglia. V'era scritto: « Semo su un monte cossì alti che ad alsar il braccio se tocca il cielo ». E più sotto: « Ti dirò che qui semo in mezo ai peoci e no pochi ma tanti e sono grossi bianchi e colla crose sulla schiena ».

———

Fragile scenario di nevicata. Nelle tane umide stilla l'acqua, e il fango insidia le membra, e le notti sono atroci di gelo.

Ma se torna il sereno ci s'inebria della nostra altezza. A sera le Dolomiti sono nette d'ombra e di luce, rocce violacee, neve rossa. Ondeggia il mare di nebbia come una chioma doviziosa. Il Catinaccio torreggia armonioso di canaloni e di pareti, lambito con dita soavi dalla sera che sale dalla valle.

Più tardi, nell'attesa della luna, uno stupore ostile è sulle nevi che sembrano millenarie, opache, con ombre d'acciaio. La montagna ridiventa nemica, ritira dall'anima le sue braccia tiepide che ce la blandivano, si chiude nel suo rancore freddo. Intrusi, siamo, sulla sua nudità notturna; orrore viene dalle collane di gelo che ne sono il solo adornamento.

La luna chiama adunata delle altre montagne — riemergono dal buio e guardano minacciose. S'accendono lumi pacifici a Predazzo e Cavalese (a quest'ora si può sporgere la testa per guardare). Ma quando si va fuori a mettere i gabbioni, ecco le mitragliatrici cecchine gracidano il loro motteggio alla purezza notturna.

———

Sempre quell'odore di cimitero sotto al naso. Ce n'è una ventina ammassati in un crepaccio, che si sfanno lentamente. Ma andarli a tirar fuori, di notte, è un affar serio. La faccia dell'alfiere medico la si vede mutare adagio adagio quotidianamente, sotto la decomposizione: e ieri il suo naso s'è spaccato e ne cola una sanie verde. Ma i suoi occhi sono sempre vivi, e sbarrati — no, non sono io che t'ho ucciso!

Non sono io che t'ho ucciso, e poi perchè, s'eri medico, cacciarti fra le file all'attacco notturno? Avevi una tenera fidanzata che ti scriveva delle lettere bugiarde, forse, ma così consolatrici, e tu le tenevi nel portafogli. Brustolon te l'ha tolto, il portafogli, la notte che t'hanno ammazzato. Abbiamo visto anche il suo ritratto (bellina — ma c'è stato chi ha fatto dei commenti sconci), e la fotografia del tuo castello, e tutte le cianfrusaglie care che tenevi là dentro; un mucchietto nel mezzo, e noi attorno, stretti nel ricovero, lieti di aver respinto l'attacco, con un fiasco per premio alla buona fatica. Tu eri morto da così poco, ed eri già nulla, più nulla, massa grigia destinata a puzzare rannicchiata contro la roccia; e noi così vivi, alfiere, e così ferocemente vivi che invano cercavo un brivido di rammarico in fondo alla nostra curiosità.

Che ti giova aver guardato il mondo con occhi rapaci, aver tenuto fra le braccia il suo corpo giovane, esser partito per la guerra come per una missione? Ed anche tu t'inebriasti forse d'altezza e del tuo posto d'avanguardia, e del tuo destino di sacrificio. Per chi, morto? I viventi frettolosi non sanno più nulla di te, i viventi abituati alla guerra come ad un ritmo più celere di vita, i viventi che non credono di dover morire. Come se la tua morte non abbia soltanto chiusa la tua vita, ma l'abbia annullata. Rimani per un po' di tempo elemento numerico nello specchio del furiere, argomento patetico nel discorso che ti rammemori: ma tu, uomo, non sei ed è come non fossi stato mai. C'è del carbonio e dell'acido solfidrico sotto a noi, coperto da un mucchio di stracci-uniformi; e ciò chiamiamo morti.

Ma stasera puzzate troppo, morti.

Allora il capitano Busa ha chiamato quattro mascalzoni che non hanno paura nè di Dio nè del maggiore, e ha detto:

— Fioi, vi dò una tazza di cognac e la maschera: andate a portarmi via quei morti.

— El cognac el ne lo daga subito, sior capitano.

E più tardi, il capitano Busa racconta:

— Ostia! se no li tegneva, i me sepeliva anca i vivi.

————

Quando il sole scompare dietro il Cupola, e si accende improvvisamente il Cimon della Pala come fosse un ferro lucido che s'arroventi, ci si prendono in mano i piedi rattrappiti dagli scarponi e li si ungono soavemente, che non vi si aduni la minaccia della congelazione.

———

Ottobre.

Una settimana all'ospedale, tre giorni di breve licenza, ed ora nell'oro del vecchio bosco, nell'incendio fulvo degli abeti — viali per fêtes galantes, fruscio delle foglie morte sotto il passo — torno con pigrizie cittadine alle pure altezze dove il mio battaglione è in giostra — sempre.

Ci pareva impossibile, la prima settimana, di poter restare lassù più di altri sette giorni. Ci si sta invece, da un mese e mezzo. Barelle che discendono, galletta e scatolette e arnesi da mina che salgono, è quasi uno stato di equilibrio. Hanno detto al battaglione: per il cambio, nemmeno il caso di parlarne. Adesso, arràngiati.

Si sono arrangiàti. Nelle pause del bombardamento (ne ho imparato una carina, all'Ospedale. Il Cauriòl lo chiamano la banca: perchè riscuote da tutti. Già. Quando la nostra artiglieria da Caorìa spara sulle loro posizioni, gli austriaci, non sapendo con chi prendersela, se la prendono col Cauriòl, che è già individuato. Più individuato di così si muore. E ogni giorno Da Rui aumenta il suo bottino di bossoli da 152 e di corone da 321 che vende per cinque lire ai capitani della Divisione che arrivano fino al Comando di battaglione) — nelle pause dunque del bombardamento i buoni alpini ridivengono i minatori, gli scalpellini, i carpentieri del tempo di pace. Cunicoli serpeggiano già dentro la montagna, ogni plotone si fa il suo; baracchette sorgono, pensili gabbie aggrappate alla roccia, terrazzini vertiginosi da cui spiare l'arrivo della corvè. E chi dice che noi facciamo a meno del Genio? Se non ci fosse la compagnia del Genio accantonata al margine del bosco, a chi rubare gli strumenti da lavoro?

E grazie al lavoro febbrile, già le perdite sono minori. Esaminano gli specchietti quotidiani in fondo valle, ai grandi Comandi, e pensano che siamo ancora buoni per un'azione. Domani, dunque, attaccheremo quel vertiginoso spuntoncino di roccia che si chiama il piccolo Cauriòl. I vecchi scuotono il capo, e dicono: No se pol ciapar. Ma un capitanino lucido della Divisione è venuto fino a metà strada, ha dato un'occhiata al torrione bieco fra la nebbia, e ha detto: Si può prendere.

E allora sotto, scarponi. Si può prendere. Lo ga dito lu.

———

Stasera si stava col naso all'aria nella speranza di veder balenare i primi bruscoli di neve. Allora l'azione è rimandata, e, forse, ci mandano a riposo. Nuvole investono, sconvolte da un vento di tormenta che ci soffia dentro, la cima; se ne staccano, brandelli rimangono appiccicati alle pareti, e il resto si precipita su altri spuntoni: sulla Busa Alta, sul Cardinàl, e ne nasconde le baracchine rannicchiate contro la roccia.

Da quella parete andarono su gli alpini del Monte Rosa. Ci credevate voi che fosse possibile un attacco sistematico, non di sorpresa, per delle crode in piedi? È stato possibile. E adesso va su la corvè aggrappata alla corda fissa.

Sì, ma per ora non nevica. Nevicherà, questo è certo. Sulla catena del Pavione, e laggiù a tramontana s'aduna un bigio di nuvole: e invano il tramonto vi avventa contro qualche sprazzo d'oro, esse lo ricevono con un'opacità violacea e fredda. Chissà, domattina...

Intanto è arrivato il vino che il maggiore fa distribuire al plotone esploratori che deve fare il primo sbalzo. Un litro a testa. Viene Costa il rosso — che sta scamiciato sempre, ed è una fatica fargli tener la giubba almeno quando s'è a riposo — e dice: — Sior major, mezo el ne lo daga subito, ma qual'altra metà la bevemo doman dopo l'afar. — Una pausa, e poi: — Cussì saremo in manco a bevar, e ghe ne sarà de più per chi che poderà beverlo.

<hr />

19 ottobre.

Da stamattina i grossi calibri ed i mastini piccoletti di Moro della montagna battono la roccia. Questa la chiamano laggiù preparazione d'artiglieria. Sono sicuro che i Mòcheni, nelle loro caverne solide, fumano la pipa e giocano a carte aspettandoci.

Cielo torbo, grigio, vicino. Nebbia sale dal basso, isola le due cime, la nostra e quella che dobbiamo attaccare. Se moriremo, lo faremo tagliati fuori dal mondo, con l'impressione che non interesserà a nessuno. Si associerebbe volentieri, all'idea rassegnata di sacrificarsi, quella d'una platea che ci osservasse, almeno. Morire al sole, con lontananze chiare, sullo scenario aperto del mondo, allora si capisce di morire per il paese: ma così, pare d'essere il condannato a morte strozzato nella segreta.

Bontadini che deve uscire per il primo lo guardiamo con religione; ma noi che lo seguiremo solo se a lui andrà bene ci sentiamo veramente imboscati. Manfroi porta del vino, naturalmente. Gli antichi dicevano: libare agli dèi infernali. Qualcuno dice: domani... ed ecco lo guardiamo con un rimprovero muto negli occhi, come avesse commessa una tòpica imperdonabile. Quando quei frati della leggenda arrivarono al confine dove il cielo e la terra s'incontrano, trovarono una porta enorme, chiusa. Inginocchiato sulla soglia, frate Macario da cent'anni attendeva che la porta si aprisse. Il nostro domani è di là da quella porta.

Non s'è potuta prenderla, quell'accidente di quota. Tutto il plotone esploratori, quasi tutta la 265.ª sono rimasti per quei sassi, nel crepuscolo livido, contro all'ostile barriera di roccia che s'animò d'improvviso di mitragliatrici rintanate nei loro covi, su cui la nostra artiglieria non aveva avuto presa. Ma al maggiore si empirono gli occhi di lacrime quando gli vide uscire dalle trinceette, i bravi figliuoli, agili in corsa come se non se li sentissero appiccicati alle gambe i cinquanta giorni di trincea, di malo dormire, d'incubo della congelazione, di scatolette e gallette per tutto ristoro — e poi occupare di volo le prime roccie ed inchiodarcisi, e sarebbero morti tutti lì se a buio Angeluccio non si fosse offerto al rischio di andargli a dire di tornare indietro.

(— Aspetta, Angeluccio, che cerchiamo un altro che venga con te.

— Sior tenente, per morir là fora basto mi. Xe inutile de farse copar in do).

Ma De Cet è morto. È morto come si leggeva sui libri scolastici di qualche eroe convenzionale. Quando ha visto prendere di mira il suo tenente gli ha urlato:

— Atento che i ghe tira, sior tenente — e gli si è parato dinanzi, e ha preso il colpo nel petto.

Poi, accanirsi delle artiglierie nemiche contro le linee nostre, i parapetti a gambe all'aria, sta a vedere che adesso ci attaccan loro, come sgomberare questi feriti col gelo che livella la montagna? E la notte scende rapidamente con ticchettare di mitragliatrici.

———

Dice il conducente Corso dalla grande barba nera:

— I ga dito queli del Feltre a Caurìa che se la Division no la tira via el bataion da la çima i vien lori a dare il cambio ai veci.

Sentimento di giustizia distributiva. Non ce lo

hanno i signori lucidi della Divisione che si fanno la
barba tutte le mattine e prendono il tè alle cinque
(no, detto male: questi non sono attributi necessarî
dello stare bene alla fronte dei comandi. Se andate da
De Zinis lo trovate sempre rasato, come se stesse per
mettersi in frak, e al riparo di quel roccione vi offre il
tè con i wenice-wafers biondi come la zazzeretta dei
miei sogni. Soltanto che per andarci bisogna passare
dove i cecchini hanno freddato quel capitano del 49.°
ed anche dove sta lui ci frullano più pallottole che
idee); insomma, non ce l'hanno, quel senso di giustizia, ai Comandi, ma ce l'hanno quei bravi ragazzoni
del Feltre che hanno preso il Cauriòl e fatto, dopo,
quindici giorni di passione sotto la Busa Alta.

E per avere il cambio, il maggiore ha fatto così.

Prima ha mandato lo specchio della forza, dei
malati e delle perdite. Nessuna risposta.

Poi ha fatto presente che i soldati da cinquantacinque giorni non mangiano che scatolette e galletta e c'è
pericolo dello scorbuto. Risposta: una pipa al medico
perchè ha mandato a prelevare tintura di iodio per i
feriti senza un buono regolare.

Poi ha telefonato: — Se non mi date il cambio,
il cambio me lo dànno gli austriaci.

Allora, ci hanno dato il cambio.

25 ottobre.

Il generale Satta sulla strada fangosa attende i piccoli gruppi del battaglione che scende per il riposo.

— Di che battaglione siete ?

Avuta la risposta, una manata di monetine d'argento al gruppetto.

— Andè a bevar un goto a la me salute.

Perchè il generale Satta è sardo, ma sa tutti i dialetti e li parla da ingannarcisi.

E a tarda sera, il generale incontra per le vie del paese un alpino che è brillo (oh, Dio. Aver il modo di abolire in un colpo cinquantacinque giorni di agonia, crearsi una terra di morgana dinanzi agli occhi, mettere un po' di calore nelle membra costrette dalle fascie, umide di dieci nevicate, tarlate dai reumatismi — rivedere nel fondo della tazza di latta il paesello, la fèmena, l'angolo del focolare — e vorreste contendergli questa ebbrezza al buon combattente, aquae potores ?) è brillo, dunque, l'alpino, ma s'accorge del quadratino argenteo e issa il braccio al cappello per salutare. Oh sì! Quello sforzo gli costa l'equilibrio, e ruzzola bocconi nel fango. Ma la mano potente del generale Satta si abbatte su di lui, lo afferra per il coppino, lo rimette in piedi.

— Di che battaglione sei ?

E poichè il battaglione è quello che pensa lui, il generale preme in mano al soldato incitrullito due lire e gli dice:

— Ciapa, va a beverghene un altro.

———

Ma i subalterni sono fior di ribaldi, e hanno fatto una canzonetta in cui è questione d'un certo generale

Satta. La canzonetta vuol sapere chi è stato quel bel
tipo che ci ha avviati per quella strada che abbiamo
salito in tanti e disceso in così pochi. E la chiusa
suona precisamente così:

> È stato Satta
> che ci ha insegnato
> la stradella, la stradella
> del Cauriòl.

L'altra sera che il generale è venuto alla nostra
mensa, quando siamo stati allo champagne — che è poi
lo stesso bianco di Col San Martino bevuto durante
la cena, solo che il dottore fa venire un buon numero
di fiaschi e poi dice: sotto a volontà — un coro s'è
levato dal fondo, angolo aspiranti e sottotenenti, e la
canzonetta è stata strillata senza reticenze. Compresa
la coda.

— Manigoldi — diceva il generale, e rideva.

E stasera qualcuno ha incontrato, nel buio delle
case, un'ombra massiccia che canticchiava, andando,
qualche cosa fra i denti. La canzonetta era quella fa-
migerata della stradella. E chi se la canticchiava era
il generale.

Andare di trotto con Rondèl che va come un pu-
ledro, per la strada liscia che vedevamo di lassù,
verso la snella piramide del Cauriòl tutta rosea come
un culetto di bambino. È rosea e snella piramide quella
che era orrore ed asprezza di roccia, tane malsicure,
cimitero e altare di vittoria, seme di pidocchi con la

croce sulla schiena. Battaglione a riposo (i morti sono lassù, sotto le piccole croci rozze listate dalla neve). E il traballare dell'alpino ebbro sulla via pantanosa integra vacillanti linee musicali.

A riposo vuol dire alloggiare in baracche senza listelli, e dobbiamo subito metterci al lavoro per farglieli se no non c'è stufa che le scaldi; in un posto che se nevica molto vien giù la valanga e ci seppellisce; e partire la mattina a scavare le trincee di seconda linea, e tornare la sera — il rancio lo porta la corvè —. Ma c'è il superiore che chiude gli occhi, e ogni tanto un gruppetto scappa nel feltrino a casa sua, per la montagna: si spidocchiano per bene, un abbraccio alla moglie, e col fagottino si fermano sulla strada ad attendere l'autocarro; lo inseguono, lo prendono d'assalto; e s'adagiano poi fra i sacchi di fieno, a gambe larghe, e tornano su guardando fuggire la strada dietro con aria da conquistatori.

———

11 novembre.

Siamo andati a Fiera di Primiero a prendere la bandiera che quella popolazione ci offre perchè il nostro battaglione è stato il primo ad entrarci. Ma chi darà una bandiera al maresciallo nostro, ad Edoardo il Temerario, che è stato il primo ad entrare in Imèr?

La sua gloriosa impresa la narra volontieri anche lui, con dovizia di particolari, quando è un po' brillo,

nell'ora delle confidenze, nella stalla grave del fiato
dei muletti accaldati che meditano tranquilli la biada,
quando si risale malignamente la via gerarchica e si
rivedono le bucce al comandante di plotone ed al
comandante del battaglione.

Barel ha finito di raccontare la volta che in Libia
fece grande macello di arabi, che gli piantava la baionetta nella pancia, e poi, un piede su quello straccio
d'uomo atterrato, e crac, la baionetta veniva fuori.

Scariot ha veduto in Val Lagarina il generale Can-
tore andare fuori da solo, solo con il suo aiutante, lontano oltre gli avamposti, che i suoi alpini temevano
non vederlo tornare mai più.

Giacomin conta i mesi che ha fatto sotto la naja.

— Cinquanta mesi che son sott' la naja. E quando
la me fèmena partorirà, me nassarà un tosat vestio da
alpin con la pèna fora ordinansa, el pistoc e la tassa
de lata piena de cafè caldo, e ghe la darà a so mare
disendo: Ciapa, mama, per la fadiga che te ga fato.

E allora anche Edoardo il Temerario racconta la
sua storiella, mentre in un angolo della stalla Assaba,
la paziente mucca Assaba di grande mole e di molto
latte, si lascia mungere. Il latte di Assaba lo porterà
un mulo fin lassù sulla montagna di ghiaccio, perchè il
tenente medico lo distribuisca a quelli che marcano
visita, che scendono dai posti di piccola guardia al
posto di medicazione perchè la notte hanno veduto le
streghe. Molto saggio è il tenente medico, molti feriti ha consolato di candide bende e buone parole,
molti combattimenti ha veduto.

Cecchet ha male ai piedi, cammina a fatica.

— Fatti tagliare i capelli, sarai più leggero, camminerai meglio..

Cecchet è servito. Bof si fa innanzi e si comprime il ventre: troppe volte nella notte dovette uscire dal baracchino per esporsi ai rigori della notte stellata, e chiede il rimedio: ma Brustolin geme e quasi ne invidia la sorte, poichè egli invoca un generoso purgante.

— Figlio mio, tu hai di troppo, e tu troppo poco: unitevi e guardate di aggiustarvi fra voi due.

Viene a protestare Rossetto, che il medico gli ha dato « servizio interno » e il tenente gli ha fatto portare delle tavole fin sulla cima: un'ora di salita.

— Ragazzo mio, t'ho dato servizio nell'interno degli alloggiamenti Non hai motivo di lamentarti perchè sei rimasto nell'àmbito di essi.

Molto saggio è il dottore: la sua saggezza ci ha fatto dimenticare la storia di Edoardo il Temerario.

Che se alcuno credesse che Edoardo sia stato chiamato temerario per l'impresa che anch'egli, nelle sere in cui la potenza del vino lo fa loquace, suole narrare ai conducenti raccolti a novellare nel sentore stallio del tabià, se alcuno così credesse sarebbe in errore. La storia del soprannome è d'assai più antica. Da allora ha intrecciato ai suoi baffi di bel furiere molti fili bianchi, bianchi come i peli della coda di Tomàtico con cui il conducente s'è fatta la catenina da orologio, bianchi come le chiome di Pupo, il più

canuto alpino dell'esercito italiano. E c'entra la donna.
E se la narrassi, il buon Edoardo non mi manderebbe
più su la grappa. E poi mi condurrebbe. fuori di strada,
chè novellare di donne è troppo tentante cosa nelle
sere di veglia, e le fantasie s'accorano di tenerezze
bionde, e ognuno persegue nei camminamenti del suo
cuore una traccia odorosa di ricordi.

Edoardo il Temerario, adunque, nel florido giugno dell'anno di guerra millenovecentoquindici si diri-
geva solo, moschetto a tracolla, verso il paese di Imèr,
che nei verdissimi pascoli della valle Cismon s'apre
sotto un blando fluire di sole, Imèr dall'aulico nome
latino.
Tonadìco, Transaqua segnano più a settentrione,
con i loro nomi, altri ricordi intatti di latinità. Il Bar-
baro vi eresse una malinconica chiesa gotica dallo spio-
vente nero; intorno la grazia italica fiorì nei brevi orti,
nelle case gaie, pennelleggiate di sole, civettanti con
le dolomiti d'oro.
Alle cime d'intorno s'affacciavano soldati italiani.
Le soldatesche austriache erano fuggite dai paesetti che
osavano appena di credere alla loro fortuna, che non
l'incendio e la rapina segnassero la fine del dominio
ostile. La conquista procedeva impetuosa: pochi battaglioni avanzavano per grandissimo spazio: sul Totoga
una squadra, sul Viderne, a distanza di mezza giornata di marcia, un'altra squadra dello stesso plotone.
Scendeva dal Comando del Battaglione Edoardo
il Temerario: al piano invitava Imèr, naturale cosa

gli parve attraversare il paese gaio per procedere verso l'antico confine, a cercare le retrovie. Attraversò il paese: i bambini, i *bocia*, giocavano intorno alle fontane, le floride donne bionde attendevano ai gravi lavori da uomo. I bocia sbarrarono gli occhi sull'alpino italiano che batteva il selciato sonoro, e cessarono i loro giuochi. Le donne, sorprese, seguirono con occhi intenti l'alpino italiano che le fissava.

Edoardo, ahimè, sebbene riconosciuto pienamente idoneo a servire il Re nella guerra, sebbene da lontana cima scendessi e lontana meta ti prefiggessi, segno indubbio che saldo era il cuore ancora e buone le gambe, ahimè: gli anni avevano con troppo amore arrotondato il tuo corpo di adipe, segnato i tuoi peli di candore. Non eri un bellissimo alpino: più belli ve n'erano al tuo battaglione, che ora dormono sotto Sant'Osvaldo o sulle pendici del Cauriòl, vigilati dai compagni vivi che montano di vedetta.

Eri un po' grasso, Edoardo: d'inestetico sudore rigavi la barba. Perchè mai così intensa era la curiosità delle femmine, perchè dunque i bocetti ti seguivano strillando? Tu non indagavi. E poichè dalla soglia d'una bottega una bionda carnacciuta ti fissò con più grata meraviglia, e segni indubbi ti rivelarono che lì avresti trovato dei sigari, entrasti. Il coro dei bimbi si fermò, occhieggiando, sulla porta.

Edoardo sentì così profondo su di sè lo sguardo ed il sorriso della grassona che ebbe il sospetto che le

sue grazie mature di furiere non ci avessero merito. E
ne ebbe la conferma, ecco, nelle parole della bionda:

— Me fa tanto piasser de vedarlo. Lu el xe el
primo soldà italian ch'el vien nel nostro paese.

Edoardo tremò. Il primo soldato italiano che entra
in Imèr? Ma come? ma quando?

— Imèr non è ancora occupata? — balbettò.

— Ma no — gli rispose sorridendo patriotticamente la biondona. — Lu el xe el primo soldà italian
che vedemo.

Sorrideva patriotticamente, la biondona, un'irresi-
stibile seduzione era nel suo sorriso. Ma Edoardo non
la vide. Edoardo si sentì alla collottola come la stretta
d'un kappa kappa Landesschützer che gli intimasse:
foi fenire con me. Ebbe, in un lampo, la visione di
una pattuglia nemica che lo attendesse allo svolto
della strada, sentì lo schianto delle fucilate, si vide
morto nelle vie non ancora redente di Imèr.

Certo, la voce era corsa per il paese: certo avanzavano a cinger d'assedio la botteguccia i gendarmi
imperiali. Taglia la corda, Edoardo, se ancora sei
a tempo. Serbati alla dolce vita dei magazzini e dei
modelli 33 R. A., chiedi alle tue vecchie gambe un
buono sforzo: se no ci lasci la ghirba.

Edoardo tagliò la corda. Dinanzi agli occhi esterrefatti della grassona, fuor della porta, rovesciando
qualcuno dei bimbi curiosi, uscì alla campagna, male-
dicendo la sua imprudenza; e s'affrettò laggiù dove la
valle si restringe attorno al Cismon impetuoso, verso
le retrovie sicure dove le linee di occupazione sono

chiaramente definite: le retrovie dei forni e dei magazzini, degli ospedali e dei saggi furieri che non hanno fisime eroiche per il capo.

Credersi autorizzato a concludere a questo punto che Edoardo il Temerario si è mostrato men degno di portare le verdi fiamme degli alpini, vuol dire concludere con troppa precipitazione. Più volte, da quel giorno, Edoardo fu bravamente al fuoco; sgombrò materiali sotto il bombardamento, salì al comando del battaglione nelle giornate calde, che lo si vedeva dal basso avvolto dalle nubi delle granate. Degno è che sul cappello porti l'aquila e la penna; degno è che sulla sua giubba siano le fiamme, verdi come i pascoli della valle Cismon, biforcute come le forcellette precipitose da cui spiano le vedette impellicciate.

Dice il sergente Da Col, e buffa nuvole di fumo dalla pipa di maiolica con l'effigie di Francesco Giuseppe che ha comperata a Primiero:

— Se nol gera ancora ocupà intanto che nualtri se gera tanto più avanti sui monti, vol dir che no se doveva farlo.

Soggiunge Pupo, il conducente canuto, che ha gli anellini alle orecchie, e il più stizzoso mulo delle salmerie:

— E se un el ghe gera entrà par sbajo nol podeva far altro che saltarghene fora.

Così parla la saggezza dei mulattieri, nel calore buono del tabià; così gli adunati rendono giustizia a Edoardo il Temerario. Il quale tace, soddisfatto della sua narrazione: e allora il sergente Conz incomincia a dire come egli per primo, da caporale maggiore, a capo di quattro esploratori, entrò in Fiera di Primiero, e ne voleva trarre per ostaggio il principale cittadino.

Ma questo lo sappiamo già.

Dicembre.

Neve su neve. Neve dal cielo uguale, neve dal suolo uguale che il vento leva, neve all'ingresso dei cunicoli nella neve. Incomincia la nostra guerra con l'inverno — con i suoi morti, con i suoi feriti.

Poche baracche s'è avuto il tempo di fare, e male in gamba, colpa della stagione e dei materiali insufficienti: gallerie di neve adducono alle tane tiepide scavate nella roccia, antri di oscurità e di tanfo, fatica per la candela forare quell'aria stallia: là dentro i giacigli per gli uomini che rientrano intirizziti fradici dal servizio. Non s'è avuto ancora il modo di mandar su il rancio: la teleferica, appena è pronta, il Cupola vi spara sopra due colpetti messi bene e manda all'aria ogni cosa. Le corvè con le scatolette arrancano penosamente nella neve fresca, s'aggrappano alla corda fissa per superare quel lastrone sotto il plotone di Benetti.

Quando la neve cessa, e la nebbia scende ad accumularsi sulle valli strette, da quel mare luminoso emergono stupite e fresche le montagne, fanciulle timide che si bagnano in un lago colmo di luce e scoprono alla loro adolescenza acerba più armoniose curve; e il sole fluisce biondo sulle creste arrotondate come una capigliatura morbida. Anche le bieche pareti a picco hanno la loro festa, barbaglii scivolano sul gelo che il vento v'ha appiccicato; e scompare ogni sozzura intorno a noi, trincee, camminamenti, parapetti nel loro candore ingenuo sembrano inadatti alla guerra, ma trama leggiadra di sentieri per una fata imbrillantata che si rechi alle cupole di cristallo della sua dimora.

Sei tu, fata crucciosa, che crolli le tue armi di gelo sui sudici uomini che ti lordano il palagio trinato?

Già la chiarità dell'aria risveglia il cecchino, alletta l'artigliere del Cupola, la neve ritorna eloquente di peste, di buchi, di macchie; sulla neve riappaiono le pisciate, il sangue e i solchi del bastone.

E allora s'aduna la molle insidia della valanga in alto e romba a valle con un ululio tragico; inopinata, impreveduta, illogica, non dove abeti spezzati la facevano presagire, ma per nuovi cammini, sulle baracchette, sui ricoveri dove la necessità di guerra li ha costruiti.

Non c'è difesa, non c'è arte che le tenga lontane. Sono cadute sulle cucine e sulla compagnia della selletta, sulla tettoia dei muli e sul comando di battaglione. Il rombo desta con raccapriccio: si balza fuori a tender l'orecchio, si parte per il biancore molle a recar soccorso, sotto la minaccia che nuovamente si aduna in alto. E quando il cecchino se ne accorge, comincia a spararci sopra.

Fa male ? Fa bene, adempie al suo dovere di nuocerci, dove può, quando può. A noi spetta rendergli la pariglia, invece di gemere sulle sue crudeltà; e non indaghiamo che sarà in tempo di pace di questa nostra fredda abitudine all'omicidio, che sarà di questi uomini a cui abbiamo insegnato ad esser uccisori tranquilli. Quando venimmo sul Cauriòl, i cecchini ci molestavano ai passaggi obbligati, sparavano sulle corvè, tiravano dai punti più inopinati — hanno ucciso un capitano che usciva dal piccolo posto, hanno fatto prendere una paura matta al dottore che s'era ritirato sotto una pianta nella posa di Mario sulle rovine di Cartagine, e dovette scappare in fretta con i pantaloni in mano. E allora dicemmo: A cecchino, cecchino e mezzo. E cominciammo a cecchinare anche noi. Cecchinare vuol dire mettersi alla posta dietro un sasso, uno scudo, un riparo qualunque: attendere che uno di quelli là passi, o metta fuori la testa, o s'affacci tranquillo: spargli a freddo, senza necessità immediata di guerra, senza bisogno immediato di difesa, come si tira alla beccaccia, come si tira al barilotto. Crudele, non è vero ? Ma dopo una settimana che noi lo facevamo, loro cominciarono a smetterla.

E l'altro giorno càpito in trincea alle spalle della vedetta appiccicata al parapetto di neve, all'agguato.

— Cosa fai ?

— Go copà un todesco.

— Bravo. E adesso ?

— Aspeto che i lo vegna a tor, per spargrhe adosso anca a lori.

Perdonatemi, signori della Croce Rossa che sedete attorno ai tiepidi tavolini verdi e stillate le regole della guerra umanitaria. Io non ho saputo dargli torto, al soldato: anzi ho trovata buona l'idea, e mi sono portato vicino a lui, col moschetto, ed ho atteso, anch'io — come fossi alla posta della selvaggina.

Capovolgimento di valori. Un reticolato, un lastrone di ghiaccio, un altro reticolato: e chi è di là non è più un uomo per me: è un pupazzo, un bersaglio mobile, una cosa vuota d'anima, e il suo urlo di colpito è impersonale come la voce del vento a traverso la feritoia. Non c'è voluta nessuna iniziazione, per noi: il primo giorno fu come oggi, e il dicembre del 1915 al Carbonile, De Lazzer contava i tedeschi che buttava giù col suo fucile infallibile con la stessa spavalda tranquillità con cui, un mese fa, alla colletta De Cet, Dalle Mule numerava gli Alpenjäger che mandava a gambe all'aria colle bombe.

Non ci pare d'essere per ciò più crudeli: ancora oggi la fiaccatura del mulo c'impietosisce, se ci guardi con occhi stanchi; ancora oggi Pianezze ha regalato tutta la sua razione di pane al prigioniero ebete e affamato — rapaci mani unghiute su quel tesoro.

Non ci pare di esser più crudeli... Ma bastano queste stellette al colletto per abolire i concetti ereditarii di santità della vita umana, di fratenità naturale, verso quelli che stanno di là. Avranno tanti di loro cinque bimbi a casa, come Damin, otto fratelli minori e una mamma vedova, come Ceschin che pure è così temerario all'attacco; imaginiamo la corrispondenza famigliare, la cartolina rassegnata e buona della mamma lontana che non sa di politica, che non sa di doveri sociali, che scrive in cèco o in ungherese le stesse parole che la mamma di Zanella o di Rossetto scrivono in dialetto veneto: contentezza di sapere che il figlio sta bene, notizie del poderetto e della bestia, gli altri figli soldati sono ancora in salute, « altro non mi alungo e sono la tua per sempre afesionata madre adio adio ».

Tante di queste cartoline, custodite gelosamente nel portafogli gonfio, abbiamo vedute disperse accanto ai cadaveri dopo la battaglia; e ricordo una fotografia uscita fuori dal mucchietto delle carte d'un soldato ungherese, le sorelle e la madre, cinque ragazze floride, faccie indifferenti, ma nel mezzo la madre con così accorata mestizia negli occhi, i segni del suo dolore segreto così fondi attorno alla bocca stanca, che quel viso di contadina ne era nobilitato: come fosse assurto a simbolo delle madri eroiche o rassegnate che attendono da una parte e dall'altra, e non sanno e non vogliono sapere della giustezza della guerra, per cui il mondo è tutto in quel figliuolo soldato, e tutta la vita è in quell'attesa che non avrà riposo che il giorno della fine.

Risparmieremo la vita di quel figliuolo di mamma che è a tiro del fucile, dunque, oggi che siamo sentimentali? Questo è un altro paio di maniche, sofo. Noi dobbiamo vincere la guerra.

Gaiezza sbarazzina di queste fughe in Italia di tre giorni con la scusa d'andare a prendere i fondi, in treno ricerca irrequieta dell'avventura nei gesti d'ogni viaggiatrice giovine — tutti i colleghi che tornan su raccontano la loro, a me non deve capitare ? — alterezza con vernice di modestia di far vedere alla gente che veniamo di lassù; e se la famiglia è troppo lontana, la visita ad un'amica fedele che blandisce con tenerezze dimenticate il cuore, è vero che forse è tanto lontana anche lei dalla nostra anima e non s'accorge nemmeno del nastrino blù sul petto, ma la seta dei suoi capelli folli è un'estenuante rete di smarrimento che conduce fuori della trista realtà.

La realtà è ancora e soltanto qui, nello scenario attonito degli abeti curvi sotto il bianco, nel fluire in sordina di un filo d'acqua sotto il cristallo dei torrenti irrigiditi. Invitano con tepore d'accorata tenerezza le baite illuminate, confitte nei pendii grigi. Solo alpini e muli qua su, nell'austerità delle grandi montagne E la serietà del nostro destino accettata con freddezza. Timori, speranze sono cose lontane e vane; lontana sei tu pure, bambina, e il tuo ricordo è vano. Questo morbido tedio di neve s'accumula nel cuore, anche. Non c'è futuro, non c'è passato: un presente che si prolunga uguale come una sciata su pendii agevoli, e la baracchetta illuminata dalla candela piantata nel collo del

fiasco, odorosa di tavole umide, è la meta definitiva
alla nostra ansia di ieri.

——— —

Per farci perdonare le bestemmie, abbiamo co-
struita al cappellano una chiesetta fra gli abeti, tutta
odorosa di tavole liscie, il tetto con lo sgrondo rica-
mato, e sull'altare in quadro i nomi dei nostri morti.
Ma la messa di Natale l'ha detta sotto la cima, mentre nevicava un poco e la nebbia ci copriva dai cecchini. Anche le montagne di casa nostra ci nascondeva
la nebbia, e Cima d'Asta, e la valle; tutto era così
lontano, infinitamente lontano, la patria, la famiglia,
gli amici, tutti li sentivamo assenti troppo dal nostro
cuore intirizzito, che oggi non *ci* crede più. Non c'è
che il buon Dio con noi, in questo esilio di ghiaccio.

Preghiamo il buon Dio che ci difenda, che faccia
di rimandarci a casa sani visto che siamo in fondo dei
buoni ragazzi, e se proprio non è possibile, ci dia la
buona morte di Morandi e di Monegat che non hanno
avuta agonia.

——— —

Sci, serenità.

Ma il cecchino dalla croda ci spia, sibila alta sul
capo la fucilata. Ammonimenti. Laggiù, verso l'Italia,
il colore delle mie nostalgie si diffonde sulla catena del
Pavione.

——— —

Gennaio 1917.

Con gli sci sui fianchi della montagna. Lucide in fondo le Dolomiti diamantate di gelo, con pareti nere come colonne di marmo nero in una cattedrale e pure ebbre di luce. E scie di luce guizzano sull'opacità della neve. E luce irradiano — e se la beve il cielo — i pendii rigati dalle valanghette e gli abeti gravi e le lontananze trasparenti Tripudio dei vetri delle baracche che brillano al sole, della granata che va a soffocarsi, buffa, fra la neve folta. Festa luminosa alla nostra giovinezza, alla chiarità della nostra vita. Allegri asceti siamo noi, che confortiamo di buon vino e di fantasie leggere la prontezza quotidiana al sacrificio. Verrà, dopo questa sosta invernale che è pur guerra, verrà la primavera rossa e tumultuosa dei battaglioni lanciati all'olocausto per ardere in un attimo nella santità dell'offerta e poi esser distrutti. Ma oggi il sole è un dono pacifico. Per tre giorni la tormenta ci serrò nel ricoverino, soffiò per ogni fessura atomi di gelo, barricò l'uscio con spalle più potenti di quelle di Bellegante, ci costrinse a una dieta feroce, riempì di neve le brache del bisognoso di calarle, sia pure per un attimo. Per tre giorni. Oggi il fiume caldo di luce dilaga sulla montagna stordita da questa calma perfetta di vento E il sole arde sulla pelle e sotto le palpebre in una gloriosa estate.

Non siamo puri nemmeno noi.

Blaterare, versare veleno da lingue biforcute.

Egoismo atteggiato a furbizia.

Paura di morirci velata da mille inganni.

Il tuo lanternino, Diogene, che io spii nel cuore dei colleghi a cercare ciò che mi sfugge, la santità d'ideali, la purezza dell'olocausto... e non guardo nemmeno nel mio cuore, per paura di scoprirvi abissi troppo oscuri.

Prende, talvolta, il tedio.

Tedio del tempo che lento passa, che rapido assomma un tumultuoso passato in poche linee scialbe.

Tedio di non sapere esprimere un groviglio di imagini che solca la conca di neve-maiolica.

Tedio d'incoerenza.

Zaffate di dubbio, di timore, dal sedimento intatto e non scrutato nel fondo del cuore: se valga, dunque, questo tradizionale concetto di patria tanto stento, tanta rovina.

Oggi vorrei imboscarmi.

5 marzo 1917.

Ormai lo avevo capito, che dopo Busa volevano tirar via anche me dal battaglione. Ed ecco che anch'io son mandato ad una compagnia sciatori.

— Ma io non ho mai fatto un corso.

— Lei scia tutto il giorno sotto la Busa Alta.

— Ma casco.

— Casca anche chi ha fatto i corsi.

— Ma perchè vi è venuto in mente di pescar fuori proprio me ?

La ragione è questa. Hanno veduta una mia fotografia dei tempi di pace che mi rappresenta con gli sci ai piedi : e questa è parsa, ai sommi comandi, una prova decisiva del mio valore di sciatore. Amen. Arrivo a Zortèa, trovo due bei plotoncini di sciatori della Valle d'Aosta, sostituisco piemontese e francese al veneto nei miei discorsi con i soldati, faccio subito caporale Lanier che è guida di Courmayeur e mi parla di Monte Bianco e di Innominata.

— Com'è che non eri ancora caporale, Lanier ?

— A l'è giùst. Rampignè an sì giassè c'est une autre affaire che fè la guèra. Si c'est pour monter les montagnes n'y a pas lo diablo qui me fassa paüra. Ma al batajun i sum v'nü tard parchè i sum' tersa categoria E i l'ai imparà le salüt da un *pays* ch'a ciuciava la lait quand che mi i'm tirava già i barbìs.

E la sera, quando il sole è andato sotto, e i soldati vanno a prendere il rancio, mi faccio due ore di scuola da solo sulla neve raggelata, per non sfigurare troppo con questi virtuosi.

Il capitano Ripamonti, alpinaccio vecchia scuola — cinque ferite, le più belle battaglie d'alpini nel suo passato, Montenero, Mrzli, Malga Fossetta, Caldiera, Adamello — mi consola :

— Volontario anche Lei, vero ? Come me. Bè, la cucina è buona, e il vino è migliore, e nella casa dove sta Lei c'è una bella ragazza, e non è detto che dobbiamo lasciarci tutti la ghirbona. C'ai beiva na volta 'n çima.

E visto che siamo considerati così spacciati, chiamiamo « suicida » l'ufficiale pattugliatore della compagnia.

———

Ordine improvviso di partire per l'altipiano, con la mia compagnia sciatori. Giocondità di marcia per le strade, chiarità della saletta nell'osteria, allegre donne facili dalle porte.

Non si vuole pensare al futuro, che è di battaglia. Il capitano Vigevani beve con me e con Busa l'addio ai battaglioni che restano sulle cime diamantate, ai battaglioni ch'erano i nostri. E dice: — Stavolta, Busa, ci restiamo tutti e tre.

Ma questo sole leggero è come un vinello gaietto, oggi si è invece quasi contenti del mestiere, un poco orgogliosi di questi arnesi nuovi — sci bastoni con la rotella gibeme bianche — che stupiscono la gente al passaggio, che ha pur veduto già tanti soldati sfilare. In fondo alla colonna una canzone di cristallo come le schiume del fiume, alito di ghiacciai e di primavere intirizzite. Sono i miei valdostani che cantano.

> Dans le jardin de mon père
> les lilas sont fleuris
> auprès de ma blonde qu'il fait bon qu'il fait bon
> auprès de ma blonde qu' il fait bon dormir.

Il y avait la tourterelle et la jolie perdrix
qui sert pour les filles qui n'ont pas de mari
auprès de ma blonde qu'il fait bon, qu'il fait bon
auprès de ma blonde qu'il fait bon dormir...

Ci ritorneremo, montagnards, se Dio ci protegge, nei piccoli orti alpini chiusi dai muretti a secco, abbacinati dal riverbero dei ghiacciai, torneremo a « lappar la borra » dalle terrine di latte tiepido, risaliremo le grandi montagne aristocratiche nelle loro crinoline d'ermellino (queste cime dolomitiche son scarne e nude come pezzenti lebbrosi). Ma adesso non pensateci troppo, se no viene il mal del paese. Stanotte dormiremo in questo borgo che ha un nome da fiaba, e la Regina sbirra dell'osteria vi verserà nella gava del vino buono, anche se non parlate il suo dialetto.

Si le vin est bon ici, nous y resterons — ici
si les femmes sont belles ici, nous y passerons la nuit — ici

Encore un petit verre de vin pour nous mettre en route
encore un petit verre de vin pour nous mettre en train ..

———

Bologna, aprile 1917.

Ha ragione il mio amico Nino. A furia di stare in licenza si finisce col credere che si tornerà vivi dalla guerra. Risaliamo alle vallette ilari di luce, ai campi di neve inesausti, al rancio sul campo fra la selvetta rigida degli sci piantati nella neve, nell'ardore del sole e della giovinezza che se ne va, ma gettando doni meravigliosi alla nostra vita d'oggi, nella certezza del combattimento di domani.

In ricognizione sulle linee dell'altipiano, per le future azioni. Acropoli di ghiaccio e ondoleggianti torpori di nebbia — e il cecchino petulante che cazzotta lo scudetto. Ed a sera si parte in autocarro per Bassano, tuffo in Italia di 24 ore, odore di libidini e di pace. Si violano domicilii. Il rischio d'un catino sulla testa. Fetore di case ospitali. E speriamo che il maggiore chiuda un occhio, e filiamo anche su Padova.

La ricognizione sull'altipiano mi ha risverginato. Tapun, shrapnells, da due mesi non ne sentivo più. E i consiglieri del Re Davide decisero di dargli una fanciulla giovine che lo scaldasse giacendogli nel seno. E la morte è una divina fanciulla.

Ma a Padova, l'etera che lasciai discinta, rabbuffata, l'arco pigro dei sogni sulla bocca dall'alito grave — e l'incognita dal mento quadrato, la soffice personcina serrata nel vestito a lutto, la ciocchettina bionda sulla fronte di marmo. Non la rivedrò più, si perderà nella sua vita. Quien sabe? ma un giorno che io sarò amaro del dopoguerra e mendicherò dagli impassibili destini un'altra tormentosa ebbrezza di vita come questa vigilia di morte, s'io la rincontri allo svolto d'una via soleggiata mi c'inginocchierò davanti a chiederle l'elemosina d'un sorriso.

———

Giunge l'ordine di muoverci. Ancora. Come cani che pisciano a tutte le cantonate. Zaini sci corredo armamento cassette, tutto s'ammonticchia a sobbalzo, si trasporta in un bailamme in cui si perdono elmetti tazze di latta pidocchi bestemmie. Inutile affezionarsi all'angolo decorato dalla cartolina Salon de Paris, a quella tazzina rubata nel grand Hôtel, a quel bossolo che è caduto più vicino degli altri. Peggio che zingari, lasciar gli zaini perchè si sia più leggeri, gli zaini li porteranno i muli, non serve lamentarsi se arrivano saccheggiati.

Nella pace del pianoro verde la guerra è una cosa lontana, con lontane nuvolette di scoppi su Cima Dodici Asprore e rigore della primavera acerba nei sùbiti torrenti, nelle vette ancora intarsiate di ghiaccio.

Elementi di pace (laghetto, rovine che sono divenute romantiche a un anno dalla cannonata, pascoli — credi udire il dindonare delle vacche).

Elementi sentimentali.

Elementi di pigrizia. Chè ingannata da questa placida vigilia di combattimenti l'anima consente, talvolta, a castelli in aria e fantasticherie vane: alla vita dopo la guerra, persino.

Intanto, morituri per destinazione, fabbrichiamo strade. Sotto, questi brevi viventi, prima che sian carogne marcenti sotto l'ironia dell'equipaggiamento accurato, adoperarli bisogna, perchè il riposo non sia di Capua e la vita non sia riafferrata con mani troppo fiduciose. Le strade si spianano, brillano le mine, rientrano a sera le compagnie con gli attrezzi sulle spalle, cantando qualche nenia d'amore malinconico.

> Sul ponte del Foiano
> noi ci darem la mano
> noi ci darem la mano
> ed un bacin d'amor...
>
> Per un bacin d'amore
> successe tanti guai:
> io non credevo mai
> doverti abbandonar...

Consentimento alla canzone strascicata e triste viene dal cielo che si scolora, dalle punte di ghiaccio che si irrigidiscono mute d'ombre e di luci, da qualche roco ammonimento di cannonate lontane. Bisogna reagire. Cantiamo dunque, signori ufficiali, la gaia canzone del quinto alpini:

> Giovinezza giovinezza,
> primavera di bellezza...

Giovinezza. Tutto il nostro sangue ne è fervido. I nostri nervi sono carichi della buona corrente. Giovinezza impetuosa e dissipatrice, simile a un rimbalzar di bombe a mano giù per un canalone, giovinezza delle brevi licenze quando l'avventura delle tre della mattina sorride ai sensi sempre balzanti, giovinezza stancata all'agguato macerata alla pioggia battuta dall'uragano, nostra giovinezza rossa di guerra, che presto sarai una cosa passata! Sì, perchè intanto qualche cosa s'affonda nella carne e nella testa, dito che scava, rete che insidia, puntura che ammonisce. E non è vero che c'è l'allenamento. Certe spallaccie della classe novantuno sono più stracche allo zaino, ora, nè brillano sempre gli occhi spensieratamente pur quando s'accendono al fuoco del fiasco.

Qui, in questo riposo idilliaco, sorprende talvolta la stanchezza della guerra: di questa vicenda incessante di fuori e dentro, ombrìa di pace e fiamma subitanea di battaglia, senza mutamento. Già scivola maggio verso la fine, verso il giugno delle stragi e della mietitura, e la nostra pace non è che raffinatezza di tormento nell'attesa di essere presi di nuovo nella trebbiatrice

C'è già in cielo il brillante triangolo della Cassiopea: viene dall'accampamento l'odore acuto del rancio. Muore la canzone.

> Doversi abbandonare,
> volersi tanto bene,
> un mazzo di catene
> che t'incatena il cor...

———

6 giugno.

Battaglione in armi, faccie rosse contro il sole al tramonto, quadrato grigio sullo sfondo del pascolo,

forza d'impeto serrata negli ordini chiusi. In vigilia
d'avvenimenti.

Si parte a sera, verso la meta conosciuta nel segreto
del cuore da tanto tempo. Sotto la luna il fiume nella
valle nera blandisce luminose vertigini.

Poi a poco a poco non c'è che la fatica della marcia e la stanchezza di non arrivare; da ieri sera si sale
e già il sole alto picchia nei lastroni della mulattiera
e tappezza d'arsura la gola.

Strada di passione. Chi la salì l'anno scorso, con
i battaglioni che lasciaron brandelli vivi a quei sassi,
da Cima Isidoro alla Caldiera, ripete ora, negli alt,
nomi di quote e di morti.

Alt di mezza giornata nell'ombra delle pinete —
poi si riparte, a sera, sonnacchiosi.

Marcia notturna per l'altipiano. Freschezza alita
dalle prime chiazze di neve. Passiamo accanto a grandi
fuochi di bivacco, presso i quali nel tanfo sano e
denso dell'accampamento russano gli assalitori di domani.

Penso: — Poveri diavoli!

Ogni sorte mi pare più triste della mia: il non
essere destinato alla prima ondata mi pare una fortuna
enorme, e sbigottisco, come possano così tranquilli
dormire costoro che domani butteranno fuori dalla
trincea ogni loro attaccamento alla vita. E sono pau-
roso per loro. (Non altrimenti ho sofferto, talvolta, di
vertigine guardando dal prato un uomo aggrappato alla

parete precipitosa: e il giorno dopo io stesso ne se-
guivo le traccie con indifferenza).

Finchè giungiamo all'alba sotto Cima della Caldiera, ed addiacciamo fra neve, sassi e rari mughi.

————

10 giugno.

Dall'alba bombardamento. Sul tamburo bigio del
cielo chiamano adunata avanguardie di mostri. E verso
sera, sotto la tempesta, alpini balzano alla conquista
dell'Ortigara.

Ma noi, rannicchiati contro le rocce della Caldiera,
sentiamo imperversare sulle nostre incerte difese la
reazione delle artiglierie nemiche.

Sì, ma c'è odore di vittoria. Arrivano prigionieri
rincoglioniti, esterrefatti per la violenza del bombardamento. Arrivano le barelle con i primi feriti. Arrivano
le corvè dei muli con ghirbe gabbioni cartucce casse
di cottura. Sfilano le truppe di rincalzo, il genio, i portatori: tutto sopra una stradetta di quattro metri ri-
cavata nel fianco della montagna, un ammucchiarsi,
un intralciarsi, un aggrovigliarsi di bestie e d'uomini,
di feriti e di portatori, un'incoerenza di disposizioni,
un'impreparazione che stupisce. Il mulo scalpita accanto alla barella posata a terra perchè ce n'è una
fila davanti e i medici non fanno a tempo a lavare tagliare bendare la carne fresca che gli portano: la notte
scende buia e rigida, il lagno del ferito disteso a terra

è sommesso e interminabile, pieno di rinuncia e di abbattimento.

E noi andiamo fuori in servizio di materiali.

Da questa parte la notte vive una sua tangibile vita di scoppi, rigata dai razzi, agitata dai sùbiti allarmi. E le rocce si animano, anch'esse, sotto la fredda alba dei razzi; e balzano fuori dalla notte le cime e vi ripiombano, con continua vicenda, assillate dal bombardamento.

E poi il cielo si scioglie in pioggia. Quando si rientra, sulla strada ingombra, ancora le file di barelle scoperte sotto l'acqua, e il gemere dei feriti e gli urli dei medicati e le bestemmie dei conducenti; e ogni tanto lo scroscio e il lampo della granata che copre ed annulla tutto. Una è caduta su un posto di medicazione, netta: medico e feriti non si sono trovati più. Confusione, irrequietezza dei quadrupedi, un urlo più acuto (qualche mulo ha messo la zampa su un ferito a terra, pare): poi le carovane ripigliano l'andare, solo sullo sfasciume della baracca saltata in aria bisogna stare attenti dove si mettono i piedi.

---

25 giugno.

Improvvisa diana di cannonate. L'alba non è che un pallore attonito, e il bombardamento insiste da due ore con violenza mai raggiunta prima. Fuori dal saccopelo, a fiutare gli avvenimenti. Ecco, in un attimo le due baracche laggiù sullo sperone sono scomparse:

croscio di tavole e di lamiere, e, diradato il fumo, sulla strada un conducente di corsa che si tira dietro il mulo riluttante.

Dice Talmone: — Adesso arriva il portaordini.

Difatti, dopo poco, allarme. Tocca a noi.

E mi si incasella nella testa un endecasillabo, e lo rimastico monotonamente: « Venne il dì nostro, e vincere bisogna ».

I soldati s'allineano lungo la strada, contro la roccia. Non guardo che faccie abbiano: ma sento al di là la tranquilla rassegnazione all'inevitabile. Da quindici giorni s'assiste allo stesso spettacolo: escono battaglioni, rientrano barelle e morti, e dopo qualche giorno o qualche ora, i pochi superstiti. Ed oggi il ritmo pare più violento, e noi andremo fuori sotto un bel chiaro di sole, che intaglierà crudelmente le nostre figure sul ciglio della trincea quando ne usciremo per scendere nella busa dell'Agnelizza, ed andare al contrattacco

« Venne il dì nostro, e vincere bisogna ».

Non penso, non penso. Mi preoccupo con minuzia dei particolari. Dò ordini all'attendente, e mi compiaccio che essi suonino (non c'è sordità in fondo alla mia voce) così netti e precisi. Presentimenti ? No, non ho presentimenti. Guardo il cielo già colmo di luce, gli schianti arancio e nero degli shrapnells, una fila rapida di muli che prendono la distanza laggiù alla svolta di Cima Lozze. Serrato, premuto dalle giberne, dal moschetto ad armacollo, dalle fascie, dal sacco, dall'elmetto, mi pare che tutto ciò mi costringa a dirittura d'azione e d'opera: mi sento arnese buono e pronto

all'uso, diretto da una volontà che è inesorabilmente
fuori di me.

Il Capitano dice : — Andiamo.

Sulla soglia della caverna, e addossati alla parete,
tre o quattro telefonisti, un osservatore d'artiglieria, un
capitano dei bombardieri ci guardano con occhi in
cui temo di legger troppo (Dio mio, siamo dunque così
spacciati ?). Mi conoscono, ma tacciono : sento che
non osano dirci la parola d'augurio, che suonerebbe
buffa ed ironica.

Ma Tissi trova le parole adatte.

— Ciao neh. E ne stè a ver paura, che par ma-
gnar e par bevar penso mi a mandarvene drento fin
che volè.

Appena messa la testa fuori dalla trincea il dottor
Dogliotti s'è preso un cazzotto da una spoletta che lo
ha fracassato. Tutta la costa della Caldiera che si
deve discendere è vulcanelli di granate ; ma sembrano
peggio le mitragliatrici cecchine che aspettano ai passaggi obbligati e fregano quasi sempre. C'è il mucchietto dei morti, però, che dà l'allarme. Allora si
prende fiato un momento, tutta la vita passa in un
rimpianto d'un attimo, un presentimento s'affaccia ed
è respinto con terrore — ed ecco ci si tuffa nel rischio.
Tre quattro sibili di pallottole — è passata.

E lo zappatore Vanz, addossato alla roccia che lo
ripara, tira il fiato e commenta quei sibili :

— Le ciama zio zio, e no semo gnanca parenti.
Ma il capitano Vigevani c'è restato.

———

E poi, via per il vallone dell'Agnelizza colmo di
morti, gli scheletri delle battaglie dell'anno passato,
i cadaveri gonfi della battaglia di quest'anno che dura
da quindici giorni. Ed un teschio sghignazza, lucido,
accanto alla maschera livida di un morto di ieri.

Sul sentiero levigato che *debbo* percorrere — non
c'è altra strada, e anche qui dove m'indugio hanno
picchiato dei granatoni — sei sette cadaveri recenti,
abbattuti dalle mitragliatrici, ammoniscono. Eppure,
si deve passare.

Un artigliere da montagna sta lì, esitante, e mi
dice:

— Siamo venuti in qua in due. Uno è quello là,
restato secco. Io l'ho scampata. Ma adesso, a tornare
indietro?

Un attimo ancora. Poi:

— Pruvè, bele sì a venta pruvè.

E l'artigliere si fa il segno della croce, e schizza
via. Tatatata. Ma è già passato, illeso, e caracolla per
le sassaie fra uno scoppio e l'altro dell'artiglieria.

Ma ecco la montagna si drizza e il sentiero entra
nella parete e non c'è altra via che saltar giù da questo muraglione di sette metri su quel terrazzo là sotto,
e speriamo di romperci una gamba, visto che la scheg-

gia non mi prende, che la sia finita con questo inferno
e mi portino all'ospedale. Durante il volo un decimo
di secondo d'angoscia, chè l'occhio ha percepito là
sotto un mucchietto di petardi, e accidenti, se all'urto
ne scoppia soltanto uno, altro che ferita intelligente!
E giù come un sacco. I petardi non sono scoppiati, la
gamba non s'è rotta, avanti a sbalzi per la montagna
che crolla.

E al di là del costone, d'un colpo, ecco la spa-
ventosa scena dantesca, un girone di malebolge fatto
realtà. Disseminati sui gradini d'un muraglione di roccia livida arsa lebbrosa, appicciccati al sasso, in-
tramezzati dalle macchie rosse e bianche dei feriti,
quel centinaio di uomini della compagnia; immobili,
taciturni, nel tormento del bombardamento da cui non
hanno riparo, nell'esposizione coatta al rischio che
viene da quattro parti, con grandi occhi sbarrati sulla
luce implacabile del mezzogiorno.

— Ch'el se tiri via da là, sior tenente, che i ghe
spara. Ch'el vegna qua da me che se sia sicuri.

Un momento di irresolutezza: ed ecco, una pallottola spacca il cuore al bravo ragazzo che mi voleva
al sicuro vicino a lui.

Incoerenza d'ordini. C'è qualcuno che sta per-
dendo la testa, ai sommi comandi. Il telefono ogni
cinque minuti si spezza, e subito dopo riprende. Merito di questa squadretta di guardiafili del genio che

sono eroici, un caporale e pochi uomini, sempre fuori a cercar la rottura, anche su quel lordaio di neve del passo dell'Agnella dove c'è più buche che piano, soli, senza ufficiali, senza orgoglio di mostrine al colletto — due ci hanno già lasciato la buccia, e gli altri continuano, e vien la voglia, ogni volta che vengono a domandare di provare se adesso si parli, vien la voglia di mettergli sulla testa il cappello con la penna — perchè se lo meriterebbero.

A sera, la 297.ª, d'impeto, attacca, vince, riprende la quota 2003.

E subito il capitano Ripamonti domanda rinforzi. C'è una compagnia — trenta uomini — d'un altro battaglione. Su. Poi per racimolare altri quattro gatti da portargli, snido dai sassi, dalle balme qualche soldato senza reparto, che attende la notte per rientrare: e non trovo altra ingiuria più sanguinosa di questa, per scuoterli: Imboscati.

— Fuori, imboscati. Bisogna andare di rinforzo alla compagnia della cima.

E i soldati, bestemmiando, vengono fuori, e s'avviano, adagio, lungo il costone di roccia che pare offrire un certo riparo — e c'è quello che mastica fra i denti:

— Ostia, anca imboscai i ne dise, dopo tanto tempo che se se rampega su ste crode!

E viene anche il bersaglierino che comanda una sezione mitragliatrici, dice: — « Mi volete? vado su subito anch'io, bravi ragazzi, son contento di lavorar con voi »; entusiasta, svelto, prende uomini e armi, fila su verso la cima, salta nella trinceetta sconquassata, la prima pallottola è per lui, e lo fredda d'un colpo.

No, non vale la pena d'essere in gamba.

———

Chi sa quanto è durato il bombardamento di mille calibri, dai quattro punti cardinali, che s'è sferrato subito dopo, accendendo nella notte un firmamento inesausto di scoppi ? Sotto quella furia, fra i sassi, contro una roccia, dovunque la montagna pare promettere riparo, immobili nell'offerta della nostra carne — e brandelli di pensieri — ed attesa senza meta d'una fiammata, d'un urto, che piombi nel nulla.

Un soldato, vicino a me, batte ininterrottamente i denti — con nota che esaspera. E un suonar di gavetta segna il tremare del suo corpo, nelle pause del fracasso.

Un altro, la faccia affondata fra due sassi, mormora desolatamente :

— A j'è nèn Dio, a j'è nèn Dio.

Ma c'è stato anche quello che ha dormito.

———

Ci siamo da due giorni, qua su. Attesa riluttante d'attimo in attimo del colpo che deve stroncare. Il medico dice che abbiamo già il cinquanta per cento delle perdite. Ci si rifugia mentalmente nell'ultimo decimo, si spera che almeno quel decimo rientri. Cessato il bombardamento, cessato l'impeto d'attacco in cui il trapasso pare agevole e lieve, e ci si sente trasumanati da quella irrevocabile volontà d'olocausto che è la bellezza soggettiva della guerra — alla prima pausa, pur nell'incertezza dell'attimo che segue, pur nell'ansia dell'inferno che ricomincerà, ritorna in me la presuntuosa certezza di sopravvivere; con quell'ottimismo stupido e vanitoso che fa del mio io il centro dell'universo, e s'affatica a trovare in ogni avvenimento vicino o lontano una causa logica per lo svolgersi della mia vita. Soltanto — superstizione— quella certezza si cerca di soffocarla.

———

Finito il bombardamento, ta-pun. Ironia — se il cecchino lo capisce. Poi qualche gemito di ferito. Poi silenzio. E la montagna è infinitamente taciturna, simile a un mondo defunto, con i suoi nevai lordi, e i crateri degli scoppi ed i mughi arsi. Ma vive su tutto ciò il fiato della battaglia: fetore di merda e di morti.

Un uomo che ha paura Addossato alla parete, afflosciato, svuotato. Hai paura della granata, uomo? Ha paura della granata, e della notte, e del suo grado, e del suo destino. Ed è la sua vita stessa che s'annulla in questo momento, quello che valeva, quel quadratino argenteo sul braccio di cui era orgoglioso, quei nastrini che desideriamo per noi e ci fanno schifo su di lui. Non è più niente, nient'altro che animale contesto di pelle e di ciccia e di stoffa grigia; un crampo sul viso, un'immobilità di rinuncia. Reaginebbe a questo ordine stupido di morte, se non avesse paura: invece vi assente con un sorriso ebete, uguale. Ma bisogna dirgli signor maggiore, e domani ubbidirgli, e dopodomani vedergli un nastrino nuovo sulla giubba perchè il suo battaglione s'è lasciato macellare bene.

Un altro uomo che la battaglia ha guastato. Un colpo di tosse lo irrita. Ssst, non parlate, chè se no esce dai gangheri. È come un ubbriaco che non vuole parerlo, e si controlla: parla sottovoce, tende l'orecchio a rumori imaginari. Tre giorni di battaglia gli hanno trapanato il cranio, tre notti di veglia l'hanno succhiato. Che cosa succede di così grave, che egli interrompe gli ordini minuziosi che sta impartendo, fissando quell'angolo della grotta? Laggiù c'è qualchecosa che non va. Quei sacchetti a terra. Raccattarli, metterli in ordine ed in mucchio l'uno sull'altro. E in silenzio. Ecco, ora può parlare. No, un momento. C'è ancora quello là in fondo. Eccolo, è posato sul mucchio, anche lui. Va bene. « Allora senta, Lei con i suoi uomini.... ».

Nevrastenia dei signori comandanti.

Quando abbiamo paura noi, è un'altra cosa.

Ierl'altra notte, sotto quelle sventole che piovevano a decine alla volta, il Capitano buttato a terra tremava come preso da un rigore di febbre. E parlava. — È più forte di me. Ho paura. Lo so. Mi succede sempre così. Io muoio venti volte in questa agonia atroce dell'attesa dell'attacco, sotto la preparazione dell'artiglieria. Ma fra un'ora, ostia, vedrai che getterò via la mia paura, quando ci attaccheranno, e quelli laggiù mi chiameranno un eroe e mi faranno i complimenti. Ma adesso non ne posso più non ne posso più.

Nostra paura onesta, che reagisce a sè stessa con spasimo, che lucida e suscita le idee temerarie, che tiene le posizioni, che nobilita questa nostra passione esterrefatta!

———

Busa e Battaglia, alpini al cospetto di Dio, fanno quattro chiacchiere al riparo d'un roccione che ha presa l'itterizia a furia di granate a gas. Busa ha invitato il capitano Battaglia a cena.

— Me la deve mandar dentro Marimonti. Te sentirai Bataja, che pasta asciutta! E che vin de Breganze!

Eccolo, un alpino con la sporta, cauto fra quegli esclamativi di pallottole frullanti e qualche punto fermo di granate, naso all'aria in cerca del Comando competente.

— Ciò, alpin, meti qua la sporta.

Il soldato non se lo fa dire due volte, quelle tre stellette sul braccio sono un imperativo categorico, e poi è felice di poter tornare all'angolo morto delle cucine: depone la sporta, e via a gambe.

— Te sentirai, Bataja.

Il capitano Battaglia fruga curioso con gli occhi

nella sporta, Busa s'accinge a vuotarla, e tira fuori, rannuvolandosi a poco a poco, dei piattini delicatamente complicati, pasticcini, gelatine, uno sbandieramento di tovagliolini candidi, un luccicore di maioliche.

— Digo, Busa, che lusso. Ma de solido el me par che ghe sia pocheto.

Busa è interdetto.

— Mi no capisso — brontola fra i denti. — Invece de la pasta suta...

— E el vin de Breganze ?

C'è, la bottiglia; corpo tozzo, collo argenteo. Dello spumante ! Busa non capisce più nulla.

— Bevemo, in ogni caso. Ma cossa che ghè saltà in testa a Marimonti ?

Battaglia non la finisce più, pur dando fondo a quei piattini nevrastenici, di canzonar l'amico.

— Ostia, Busa, te te trati da signorina in guera, gnanca se te fossi el general !

Già, ma se Busa era il generale, restava senza mensa Perchè bisognò che arrivassero in fondo alla sporta per accorgersi che c'era anche un biglietto dentro, e sul biglietto l'indirizzo del generale Porta, il legittimo destinatario della cena. Ma siccome il generale Porta è alpino e certe cose le capisce, quando i due colpevoli gli hanno mandato i magri avanzi e le scuse, lui ha risposto con un bel bigliettino di complimenti.

Il caporal maggiore Pesavento porterà il rapporto al Comando, perchè il telefono è fracassato irrimediabilmente.

— Aspetta il buio — gli consiglia l'aiutante maggiore.

— Co xe scuro tira l'artiglieria, sior tenente. Xe mejo provar adeso che no i ne tira.

E giù a rompicollo per il pendio, poi attraverso la busa ingombra di materiali abbandonati e di cadaveri, finora va benone, i cecchini non se ne sono accorti.

Ecco, cominciano adesso, che Pesavento attacca la salita. Ta-pun, ta-pun.

Suonano così bonarii i colpi, nella tranquillità pomeridiana. Ma noi rabbrividiamo, gli occhi sbarrati sulla marcia dell'alpino, il cuore preso in una morsa: ci pare che nessun dramma sia più atroce di quello cui assistiamo, dell'uomo solo nella montagna enorme a cui il nemico appostato dà la caccia. E il sentiero è lungo ed erto, e il cecchino paziente. Ta-pun, ta-pun.

Se Pesavento potesse giungere fino a quella svolta! Là, comincia il camminamento. Tutti i nostri sguardi sono puntati su di lui, come se potessero creargli attorno una corazza. Ancora venti metri — e poi è salvo. È vero che quello è il punto peggiore: ci sono altri morti che lo fanno capire.

Ta-pun. E Pesavento s'abbatte, d'un colpo, sul sentiero. E rimane lì, senza un brivido, senza uno sgambetto, stecchito. E dopo venti minuti, chi guarda col binocolo per vedere se per caso è solo ferito, vede brillare immobili al sole i chiodi delle scarpe.

Mezz'ora dopo, Jardella ha cacciato un urlo, e ha gridato: — Guardate Pesavento!

Pesavento s'era alzato d'un balzo, aveva superato di volo i venti metri di salita, s'era già tuffato nel camminamento. E il cecchino, minchionato, ha fatto suonare due scariche arrabbiate ed innocue sui morti autentici del sentiero.

Oh che cosa porterà di nuovo nella busta gialla il carabiniere che viene nel cuore della battaglia dal comando della Divisione, dopo aver superato il difficile passo del vallone? Forse il cambio (quale scalcinato battaglione raffazzonato può darcelo, che sono tutti passati una o due volte nella tramoggia?) — forse un ordine d'operazione? Più grandi cose: una circolare che lamenta l'eccessivo consumo dei pennini d'acciaio, e un altro foglio della medesima urgenza.

Povero diavolo, rimane male quando il Maggiore glielo dice. Ma lo consoliamo con un bicchiere di vino, perchè Tissi quando ci si mette le cose le fa per bene, e per essere sicuro che vino e viveri arrivano viene qualche volta anche lui con la corvè a costo di restar castagnato sul sentiero.

Se si chiudono gli occhi un momento, stando così incastrati fra due sassi, il sonno ci prende con un cazzotto sulla nuca, immediatamente. E quando un calcio ci sveglia, si risale faticosamente a galla da un oceano cupo dove tutta la nostra personalità si fosse disciolta e annullata. Un dolore fisico acuto contrae le tempie e la fronte nello sforzo per riconnettere, per rientrare da quell'esilio infinitamente lontano alla realtà della nostra condanna.

La nostra condanna è in questo cielo di rame inesorabilmente pesante sui nostri cranii, in questa poltiglia di carogne che infracidiscono, in questa dura sassaia a cui siamo inchiodati dal nostro mestiere come la farfalla sulla tavoletta di legno del collezionista. Già, il mestiere. Arguzie di caserma s'ostinano solitarie, mosconi fuori stagione, nelle tempie vuote: l'hai voluta la penna? Hai venduto la vacca? Hai portato il butirro al sindaco perchè ti mettesse negli alpini? In un sacco, ci hanno messi, ed ogni tanto l'allegro macellaio ci prende e ci butta sul pancone sanguinoso; poi, quando la sarà finita, raccatterà quelli che saranno ancora buoni per un'altra volta e li rinsaccherà. Bisogna arrangiarsi, finchè non tocchi anche a noi lo sbrendolo nella pancia, visto che il corpo non mette superbia a far l'eroe, come dicono laggiù, e non rinuncia a nessuna delle sue bisogne. Rubiamo le scatolette di carne ai morti, beviamo alla borraccia dei morti, ci facciamo dei morti parapalle e scaldapiedi. Barro si leva un poco per sfibbiarsi i pantaloni, del resto rimane fra noi, sarebbe buffo che andasse a cercare una palla per far del pudore. E le giberne le ha appese a questa tibia nuda che spunta fuori della roccia, ossame dell'anno passato.

P. Monelli, *Le scarpe al sole* - 10.

Ed è passata anche la terza notte e la quarta giornata della battaglia. A sera la mitezza del tramonto,
nella tregua della tregenda, vince anche questo orrore.
Armonie violacee delle lontananze in angolo morto, e
simili a una terra promessa quei pascoli remoti già
immersi nei vapori notturni, su cui la guerra non imperversa.

All'alba urli d'attacco, di vittoria, di morte, nel
buio. Allarme sconnesso, poi un viso segnato di sangue
che annuncia la cosa.

Il presidio della 2003 è sopraffatto, gli austriaci
son qui, il medico telefona che son già alla sua grotta
e che si ritira, inutile richiamarlo al telefono, non
risponde più, un altro soldato arriva e spiega come è
scampato, dopo esser già stato circondato.

— Ghe go piantà la baioneta nela pansa a un,
qual'altro lo go butà zo per la Valsugana, e mi son qua.

Ci si acconcia a disperata difesa a pochi metri dal
nemico. Ed ecco, ancora una volta, tutte le batterie del-
l'Austria su questi brandelli di compagnie, e urli di
colpiti, e gemiti senza fine, senza fine.

Non ci si può muovere più. Dove uno s'è ficcato,
ci resti e preghi Iddio che non ci picchi dentro la pallottola o lo scheggione. Tutto il costone è battuto. Il
suolo dà l'impressione che sia percosso da correnti elet-
triche, frigge, crepita, chi si sposta può rimanere pa-
ralizzato, le gambe spezzate, il rene spaccato.

E il lagno del sergente col rene spaccato dura mo-
notono, uguale, dall'alba.

Arriva un soldato — è guizzato immune fra quel crepitìo — porta un biglietto di Poli. Il capitano Ripamonti con otto o dieci buchi nel corpo di bombe a mano s'era trascinato via dalla cima e gemeva là sotto, allo scoperto. Andarlo a prendere, un suicidio. Ma Sommacal ha detto:

— El me capitano, devo andar a torlo.

Ed è uscito fuori, Piazza il portaferiti l'ha seguito, gli austriaci, stupefatti, cavallereschi, hanno lasciato fare. Il capitano in barella dev'esser già rientrato, a quest'ora. Questo dice il biglietto del tenente: dice anche, poscritto, che di dove sono nessuno li smuoverà, finchè c'è penna d'alpino.

Il portaordini è in piedi, contro alla parete, faccia tagliata da uno sgraffio, occhi duri e chiari.

Casagrande, l'aiutante maggiore, sussurra qualche cosa al Maggiore.

E il Maggiore dice:

— Alpino, tu sei stato retrocesso un mese fa da caporale, perchè a Barricate hai preso una sbornia stupida ed hai lasciato mangiare i viveri di riserva ai tuoi uomini. Da quattro giorni, qui all'Ortigara, ti porti bene. Ieri hai salvato il pezzo da montagna ed incoraggiato i tuoi compagni. Ti promuovo caporale sul campo per merito di guerra.

E il Maggiore gli stringe la mano. Un nodo alla gola mi prende, intuisco la bellezza del gesto, fra noi morituri, presi nel macinio della battaglia disperata. E che cosa importa se la burocrazia ritarderà d'un anno o negherà la sua sanzione ? Un brivido eroico rianima la volontà, coscienza che ogni sacrificio è accettabile per un'oscura bellezza morale che ci sovrasta ed a cui non sappiamo dar nome. Più alta che la patria, più forte che il dovere. Umanità, forse. Ci sgozziamo ferocemente in un macello che ci ripugnerà domani, per valori che saranno angusti o nulli domani. Ma uomini siamo, con dignità d'uomini, con questa potenza di chiudere in un gesto la giustificazione e la ragione della vita.

Al soldato gli occhi si sono velati un poco e la bocca gli trema un poco agli angoli: gli altri tre o quattro ragazzi intorno muti, accesi, vibrano di consentimento.

Tatatata. La mitraglia nemica batte anche questo posto. Rapido costruire d'un riparo di sacchetti. Senso che a poco a poco c'intrappolano. Eroismo di andare a cacare.

A buio, ordine di ritirata. Per il vallone dell'Agnelizza, tra fetide oscene carogne, un senso a cui non s'osa credere ancora di liberazione, possibile che non se n'accorgano e ci lascino tranquilli fino alla fine ? e rientriamo nelle linee.

E la tazza di brodo caldo e la baracchetta affettuosa che ci riospita segnano i termini del desiderio.

30 giugno.

Attonito stupore di rinascere, novità di sensazioni, seduti al sole sulla soglia della tenda. La vita è una cosa buona che si sgranocchia in silenzio con i denti sani. I morti sono compagni impazienti che s'avviarono in fretta a loro faccende ignote; ma noi sentiamo fluire su di noi la carezza tepida della vita. Centellinando qualche delicato ricordo famigliare: sollievo di poter riportare ancora una volta questo figliuolo prodigo a quei poveri vecchi laggiù — a cui non si aveva il coraggio di pensare il giorno che s'andò fuori.

E poco male se la vita dovesse esser sempre così. Ricordi si accumulano; un anno oggi, due anni oggi, s'era già in guerra — quest'altro anno saremo in giostra ancora chè non c'è ombra d'epilogo nel dramma. Ma oggi s'accetterebbe tutto: per questa pienezza di rinascita, per il miraggio di una fuga a Feltre e a Bologna (questa volta questa volta essa concederà, la piccola capricciosa) — per questo premio voluttuoso di sole che spiana finalmente il viso così a lungo contratto.

Ma i generali che hanno sbagliato i piani, ma i supremi reggitori che non seppero tenere le nostre conquiste e diedero ordini incoerenti o nefasti, blaterano ora, rivedono le bucce ai morti ed agli scomparsi, macchiano di burocratica sanie i begli eroismi. E intanto i soldati eroici laceri stanchi godono il riposo:

quattordici ore di lavoro al giorno per scavare le trincee che i supremi reggitori non pensarono a far costruire prima.

Carta carta carta che aduggia che grava che soffoca, relazioni rapporti prospetti. La battaglia è
finita, il puro eroe rientra nei ranghi e s'allinea col
fifone a parità di rancio e di cinquina. E aiutanti furieri caporali di contabilità scrivono allineano rico-
piano ticchettano la macchina da scrivere, i morti
i dispersi i feriti diventano numeri sugli specchi nitidi, il capitano che balzò sulla quota nell'ubbriachezza
dell'attacco ha le dita sporche d'inchiostro, il generale
che ritto sulla prima linea la notte del venti stangò
alpini e austriaci in mischia e tenne superbamente fede
alla sua fama di soldato e di capo, oggi prende cappello perchè un prospetto ritarda e contumelia scribac-
chini e dattilografi. E il gesto eroico del soldato —
Pretto che prende il comando della squadra perchè è
caduto il caporale, e il giorno dopo scavalca la trincea e si presenta all'imbocco della caverna e ne trae
fuori — solo — cinquanta austriaci che si dànno prigionieri (c'è chi ha avuto la medaglia d'oro per questo),
e l'ultimo giorno di battaglia sfugge alla prigionia in
un violento corpo a corpo; Jardella e Forte portaordini,
che fanno a pari e dispari per vedere a chi tocca andar
fra quell'inferno, e fuori per la montagna che scoppia
e scalpita fanno meraviglie, per cinque giorni, infati-
cabili; Piazza il portaferiti impassibile e devoto, che
ha sgombrato per terreno battuto mezza compagnia, e

a chi lo loda ride d'un suo buon riso stanco mostrando
la sua pelata che gli cominciò in Libia; Pesavento
morto la notte ultima perchè volle tornare indietro dove
c'era la sua compagnia — il loro gesto eroico, protocol-
lato esposto postillato, confermato da dieci specchi
e cento relazioni, darà loro fra un anno diritto a quello
straccetto azzurro che per la terza volta si concede con
mirabile rapidità al poeta che non ne ha bisogno?

Ma se il numero dei morti appare in nitido prospetto, possono essi placidamente marcire sui fianchi
della montagna maledetta.

———

Non un giorno di riposo a questi scarponi, non un
giorno in paesi con case di muro e con osterie e con
donne. Un magro innesto di complementi, e poi su
un'altra fronte, ancora in linea.

Ma questa è così buffa che se il nemico piscia ce
la fa sulla testa. Per vedere che cosa fa, si prende il
torcicollo, e, per tirargli, le feritoie sembrano antiaeree.
Nemmeno quando vai rasente il parapetto sei sicuro
di non essere veduto; e c'è sempre qualche pallottola
che viene non si sa di dove e che batte davanti ai piedi
col rammarico d'esser stata lunga.

I nostri predecessori erano buona gente. Ci hanno
lasciato delle trincee che quando piove i sacchetti
crollano (c'è della neve dentro!), i sostegni cedono,
si rimane allo scoperto, e bisogna sperare nel buon
cuore del bosniaco che non ci tiri.

Si sa tutti che questa linea non si può tenere, che è già deciso che fra un mese l'abbandoneremo. Ma ci si deve lavorare dentro accanitamente lo stesso. Qui c — quando s'andrà in seconda linea — nella seconda linea che diventerà la prima. Di notte, allarme, fucile alla spalla, turno faticoso di vedetta, pattuglie, sempre qualche colpito — di giorno colla picca e il pistoletto, e la corvè, e la fabbrica dei gabbioni, e ancora qualche colpito Viene su il superiore che deve essere confermato nel suo comando per il primo settembre, e per quel giorno deve presentare dei bei lavori compiuti · aggrottato, cattivo, vien su con cento giorni di rigore in tasca, finchè non gli ha distribuiti tutti non discende, fa il processo a chi dorme perchè di notte ha vegliato, misura lesina discute le ore di sonno legittimo, dice: — Il soldato lavori finchè non cade affranto — riparte minacciando questi alpini che sono poi solo una montatura, teuf teuf, l'auto se lo riporta al suo comando dove un capitano gli metterà in bella copia le motivazioni degli arresti di rigore.

Ma la sera in cui il solito disertore nemico per ingraziarsi il nuovo padrone sballa che la notte ci sarà un attacco, e l'allarmi corre dalla divisione nevrastenica per i fili del telefono ai comandi di battaglione, e si ordina di raddoppiare la vigilanza, e le novità ogni due ore, ed ogni fucilata provoca terrore laggiù e l'ufficiale di servizio s'attacca al telefono e domanda che cosa succede (e invece noi sappiamo bene che queste sono le notti in cui ci si potrebbe cavare le scarpe) — allora, perchè hanno paura di perdere la posizione, mandano a dire ai valorosi alpini che fanno sicuro assegnamento sui valorosi alpini e che con i valorosi alpini non c'è niente da temere, e se raccomandano ai valorosi alpini di vigilare sanno che questo è un pleonasmo per i valorosi alpini, ma che lo fanno per far piacere al corpo d'Armata.

E così sia.

Due carabinieri hanno condotto su stanotte da Enego i due alpini condannati alla fucilazione perchè un giorno dell'Ortigara, usciti dalla battaglia per una corvè, non vi erano poi più rientrati. Toccano all'aiutante maggiore i compiti più odiosi, persuadere i due che sono vane le speranze che hanno portato trepidamente con sè per tutta la strada (i carabinieri, buoni diavoli, non avevano core di disilluderli); e mandare a chiamare prete e medico; e tirar fuori il plotone d'esecuzione; e intanto far chiudere in una baracca questi due morituri così diversi da quelli che buttiamo fuori della trincea i giorni di battaglia — che appena si son ritrovati con il loro battaglione hanno urlato, pianto, chiamata la famiglia lontana, implorato pietà e perdono.

— Andaremo de pattuglia tute le sere, sior tenente...

E quando hanno intuito che nessuna forza umana poteva loro ridare la vita, non hanno più detto una parola, hanno solo continuato a piangere lamentosamente.

Il plotone d'esecuzione s'allinea, sbigottito, occhi

atoni sull'aiutante maggiore che con voce che vuole dunque far suonare aspra spiega la necessità di mirar bene per abbreviare l'agonia a gente irrimediabilmente condannata. Nel plotone ci sono amici, paesani, forse anche parenti dei due condannati. Commenti sommessi nell'allineamento. Silenzio — grida l'aiutante.

È arrivato il prete, tremante, atterrito; c'è anche il medico, si marcia ad una piccola radura sinistra nel bosco, ai primi lucori dell'alba. Ecco il primo condannato. Un pianto senza lacrime, quasi un rantolo, esce dalla gola serrata. Non una parola. Occhi senza espressione più, sul volto solo il terrore ebete della bestia al macello. Condotto presso un abete, non si regge sulle gambe, s'accascia: bisogna legarlo con un filo telefonico al tronco. Il prete, livido, se lo abbraccia. Intanto, il plotone s'è schierato su due righe: la prima riga deve sparare. L'aiutante maggiore ha già spiegato: io faccio un cenno con la mano, e allora fuoco.

Ecco il cenno. I soldati guardano l'ufficiale, il condannato bendato, e non sparano. Nuovo cenno. I soldati non sparano. Il tenente batte nervosamente le mani. Sparano. Ed ecco il corpo investito dalla raffica si piega scivolando un poco lungo il tronco dell'albero, mezza la testa asportata. Con un'occhiata, il medico sbriga la formalità dell'accertamento.

Siamo al secondo — questo scende calmo, quasi sorridente, con appesa al collo una corona benedetta. Dice come estasiato: — El xe justo. Vardè voialtri de rigar drito, no stè a far come che go fato mi,

Tocca a sparare a quelli della seconda riga: ma questi tentano di sottrarsene, affermando di avere già sparato, la prima volta. L'aiutante maggiore taglia corto, minaccia, parole grosse. Il plotone si riordina. Un cenno, la scarica. È finito

Il plotone d'esecuzione — raccapriccio, angoscia su tutti i volti — rompe i ranghi, rientra lento. Per tutto il giorno, un gran discorrere a bassa voce nelle baracche, un senso di depressione enorme nel battaglione.

La giustizia degli uomini è fatta. Questioni, dubbi s'affacciano alla mente riluttante e li respingiamo con terrore perchè contaminano troppo alti principî: quelli che accettiamo ad occhi chiusi come una fede per timore di sentir fatto più duro il nostro dovere di soldati. Patria, necessità, disciplina — un articolo del codice, parole che non sapevamo che cosa volessero veramente dire, solo un suono per noi, *morte con la fucilazione*, eccole chiare comprensive dinanzi allo sgagliardimento della nostra mente. Ma quei signori laggiù a Enego, no, non sono venuti qui a veder riempirsi di polpa le parole della loro sentenza. Comandanti di grosso carreggio, comandanti di quartier generale, colonnelli della riserva, ufficiali dei carabinieri: ecco il Tribunale.

Ricusato per incompetenza. Solo chi uscì vivo dalla maciulla del combattimento, solo chi strisciò all'attacco e sbiancò d'orrore sotto il bombardamento e pregò di morire nella notte di battaglia premuto dal freddo e dalla fame — solo quello sarebbe il giudice competente, e darebbe sì forse anch'egli la morte, ma

sapendo che cosa vuol dire. Non quelli laggiù, cimi-
terini col robbio, barba fatta, letto con lenzuola pulite
e la guerra ricordo dei manuali di scuola e il codice
penale edizione commentata lontano dallo spasimo della
prima linea.

E col *mio* tribunale, forse nemmeno quello che diceva « el xe justo » sarebbe stato fucilato.

———

Gli alpini del Val Dora venuti di rinforzo con la
loro sezione cantano la canzone del Montenero. Chi
ha inventato le parole rozze, chi ha trovato il ritmo
doloroso? È la più bella canzone militare nata dalla
guerra, destinata a diventare leggenda, ad essere cantata sempre, quando saranno reclute i nipoti di questi
ragazzi — quelli che faranno a tempo ad andare a
casa e sposarsi l'amorosa. E c'è dentro tutto lo scon-
troso spirito di corpo del soldato di montagna, ruvido
e ubbidiente, che accetta la guerra come un castigo
giusto ed inevitabile.

Spunta l'alba del sedici giugno
comincia il fuoco l'artiglieria
il terzo alpini è sulla via
Montenero per conquistar.

Quando fummo a venti metri
dal nemico ben trincerato
un assalto disperato
il nemico fu prigionier.

Montenero Montenero
traditor della patria mia

> ho lasciato la mamma mia
> per venirti a conquistar

Deve essere stata composta la sera stessa dopo la battaglia — sotto un cielo povero come questo, dopo che il sergente ha cancellati dal ruolino i nomi dei morti ed ha fatto portare i loro zaini nel magazzino

> E per venirti a conquistare
> abbiam perduto tanti compagni
> tutti giovani sui vent'anni
> la lor vita non torna più.

Ecco, una sera come questa, una canzone come questa — si vorrebbe ritornare bambini e rannicchiarsi contro il grembo della mamma per non sentire il temporale che brontola che lampeggia che scuote la montagna — angoscioso nelle sue pause come nelle sue furie.

———

Andando verso la Divisione ho veduto degli autocarri con le ruote bianche di polvere. E che sùbito desiderio del piano sonnolento, siepi bianche, strillare di cicale, odore di maceri, fette di cocomero all'ombra di una tenda caccolata di mosche!

E quei versi di Dante:

> « Rimembriti di Pier da Medicina
> se mai torni a veder lo dolce piano
> che da Vercelli a Marcabò dichina. »

———

So a memoria il cielo notturno.

———

Ebrietà primaverile di vento dopo la nevicata. Nuvole spazzine nettano, bianche, il cielo. Le cime sono nuove e polite. Ora i morti dell'Ortigara hanno finalmente il loro sepolcro candido.

Ed ecco l'aviatore esce fra le nuvolette buffe degli shrapnells e gli schianti neri della granata (gli alpini la chiamano, questa nera e brutale, el zapatòr), ad inebriarsi più di noi del gaio mattino. Confitti alla trincea fangosa, lo invidiamo.

Stupore notturno della nevicata, ricamo dei reticolati, soffice mascherata degli abeti: motivi e parole vecchie, scenarî vecchi che ammaliano con grazia sempre nuova il cuore brontolone. Questa silenziosa bellezza che prende ragioni nuove dagli arnesi di guerra è pure antica: e se oggi l'animo ne ritrae godimento, già negli inverni di pace m'immersi nella maestà della montagna notturna e ne bevvi un filtro di salute e d'orgoglio (mia giovinezza moribonda, con che occhi vedrò io gli inverni della mia vecchiaia?).

———

Abitudine anche alla guerra e allo scamparla e a ninnolare le paure vigliacche e ad inebriarsi dei buoni eroismi. Ma adesso arrivano gli ufficiali per forza, che

quando si presentano dicono — sono del tal corso ob-
bligatorio, — come per sottolineare bene che loro
non ce n'hanno colpa (chi ne ha colpa è quella burocratica cervice che ha avuto questo lampo di genio,
da uomo a cui i quadri contano più di quello che
c'è dentro). In questo nostro ambiente, però, o s'assi-
mileranno o saranno stroncati Anche lei, bel signo-
rino della Valle del Po, che mi dice ingenuamente:

— Sa, io non sono mai stato in montagna, ma ho
scelto gli alpini perchè non vanno sul Carso — anche
lei preghi Dio che non tornino le giornate in cui
ci sia bisogno di buttar cuori saldi e teste dure a
tappar l'orrore di un falla sulla fronte. Intanto domani mi rampicherà quelle crode, e vedremo che cosa
ne diranno questi agordini dalla critica infallibile e
scontrosa, che lei mi vorrebbe venire a comandare solo
per non andare sul Carso — questi uomini legati per'
la loro nascita e il loro mestiere ad un destino così
severo di soldati, buttati senza lor scelta allo sbaraglio finchè la guerra duri, e pure tranquilli e assen-
nati, che solo domandano di poter avere fiducia nell'ufficiale che li deve portare a morire.

E abitudine di scartoffie nelle teste dei furieri e dei
comandati in servizio di S. M. Adesso dopo un mese
d'imboscatura al Comando di Gruppo, tornato qui alla
compagnia, m'accorgo come fossero inutili le belle
circolari che stillavo — non ne vedo più una al ne-
gletto ufficio di compagnia dove il furiere davanti ad
una cartolina illustrata fiori e donna con cartellino a
svolazzi « Ti amo » sonnecchia sui buoni-viveri il suo

tedio soddisfatto di alpino che prima della guerra buttava giù alberi nelle selve del Comèlico, e sa sbagliare dignitosamente le somme del giornale di contabilità (non sarò io che me ne accorgo).

Ma lassù circolari circolarette circolarone; prospetti e specchi (anche se negativi tracciare tutte le colonnine per bene); tutto in triplice copia; moltiplicarsi dei rapporti gerarchici; arenarsi delle pratiche (lucus a non lucendo) per una formula errata, per una intestazione omessa, per una firma di facente funzione che è giudicata incompetente.

E tu, povero Tonòn, credevi che presentando il telegramma con la notizia della malattia grave di tua madre ti avrebbero concessa la licenza! La pratica errò di tavolino in scaffale per quattro giorni; dopo il quarto giorno ritornò opima di attergati e con questa conclusiva peregrina annotazione: poichè sono trascorsi ormai sei giorni dalla data del telegramma, si presume che la madre del nominato Tonòn sia fuori pericolo, o sia morta: ma in quest'ultimo caso si deve dimostrare che pendono per il soldato Tonòn gravi interessi patrimoniali; nell'un caso e nell'altro quindi allo stato delle carte non si concede la licenza.

Ma il povero Tonòn picchiando con più forza la mazza sul pistoletto da mina s'illude di averci sotto la corazzata cervice dell'annotatore.

E sta zitto, e stasera andrà di pattuglia senza un'ostia di più. Ma il signor Maggiore lo manda con un mulo a prender il vino a Col San Martino, che se vuol scappare ad Agordo penserà lui a non incontrare i carabinieri.

———

Gnocchi e piccole all'ovo.

Piccola all'ovo è ciò che fatto con più arte si chiamerebbe zabaione. C'è questa regola nelle compagnie: che a qualunque ora del giorno e della notte, qualunque ufficiale può presentarsi a qualsiasi delle tre mense e pretendere dal cuoco la piccola all'ovo. Vino a parte. La regola piace molto a Casagrande e al cappellano e allo zappatore e a tutti dello stato maggiore, perchè a quella mensa il maggiore ha imposto che più d'un quartino — misurato, ha mandato a comperare le bottigliette a Bassano — più d'un quartino a testa non si beve. Le chiavi del vino le tiene il vecchio Gallina, più inflessibile d'un paletto a coda di porco. E allora dopo pranzo, lemme lemme, i subalterni se la battono, lascian solo il maggiore, piombano alle nostre mense a prendere il supplemento.

Senonchè un giorno che s'era a riposo il maggiore parte per Enego, motivi di servizio, cede il comando del battaglione a Busa. Ed allora, àpriti, cantina gelosa dello Stato Maggiore! Tutti gli ufficiali della 300.ᵃ, poi quelli del battaglione Val Dora ospiti, i miei subalterni invitati anche loro, tutti dentro al baracchino angusto dello Stato Maggiore, bicchieri pieni, brindisi, vino sulle carte d'ufficio, vino nella tromba del grammofono, Gagliotti racconta una marcia della compagnia Baseggio che la metà erano ubriachi e lui più

di tutti, il cappellano del Val Dora vuol rubar le tavole
per il suo baracchino, Gallina dice atterrito che il
vino è finito, viene il capitano Agazzi delle mitragliatrici bianche e blù con il suo tributo di fiaschi; in
un angolo della baracca, indifferente al frastuono, il
furiere pesta infaticabilmente sulla macchina da scrivere al lume d'un candelino vacillante.

La sera dopo me la son vista brutta, andando da
Busa che m'ha invitato a mangiare i gnocchi. Sulla
strada di Campofilone una raffica improvvisa, crepi-
tante di mitragliatrice, proiettili che battono sulla strada
a due passi da me, un momento di fifa folle, perchè
pazienza in linea, ma essere a riposo e buscare una
pallottola che non si sa da dove venga! Dove mi
butto? Le raffiche continuano, le pallottole fischiano e
picchiano così vicine che ho l'impressione che basti
un movimento per acchiapparne una. E finalmente mi
decido, un salto nel prato, trenta metri di corsa, auff,
l'ho scampata bella.

Cose che succedono con queste linee che noi stiamo
sotto e loro sopra, e quando si va a riposo a cinquecento metri dalla prima linea.

Busa m'ha fatto pagare una bottiglia, quando l'ha
saputo. Il mio nome arricchisce il libro rosso, il libro
che segna il numero delle bottiglie pagate e la sua
brava motivazione vicina, tutta la storia del battaglione
racchiusa in una gioconda cronaca pantagruelica, la
tòpica dell'aspirante e gli arresti del capitano, le buone

e le cattive fortune, e la vigilia delle licenze e il rammarico di non avere più a sperarne per un pezzo.

———————

Poichè è già sera la compagnia dorme da un pezzo nel baraccone, del suo sonno duro e convinto di truppa a riposo. Noi, signori ufficiali, siamo ancora a mensa, con un po' di vino ed i gnocchi, ma non tanto più sibariti però. I soldati non se l'hanno a male che noi s'abbia il vino, perchè sanno che se portano un ordine o finiscono la rigore un bicchiere c'è sempre anche per loro. E poi il capitano che beve vino si ricorda al lunedì di far venir su duecento litri dalla sussistenza per la compagnia, il che sarebbe proibito dalle peregrine regole che dominano laggiù dove il cannone non arriva.

(Ma in che mondo vivono quei signori? La capì il generale Ferrari, che l'anno scorso, dopo quindici giorni di Cauriòl e di gelo e di rancio freddo e di granate e di bestemmie ci mandò su — il cambio? — questo no, lo sapete bene, ma un litro di vino a testa ed una tazza di cognac. Gli alpini capirono che quello voleva dire il cambio alla fine della guerra, ma dissero: — Ben, che i ghe diga al general che se 'l ne manda drento do litri de vin par setimana, femo la firma de star sul Cauriòl).

E allora ci vuole l'inganno, anche qui: l'ufficiale alle salmerie preleva ogni lunedì 200 litri alla sussistenza per la mensa ufficiali della compagnia.

— Va bene che sono ufficiali alpini — brontola il magazziniere laggiù. — Ma questo si chiama bere!

Stasera attendevo a cena gli ufficiali della 297.ª del Cuneo, ma hanno telefonato che non verranno. Viene a dirlo il sergente d'ispezione, che ha ricevuto la comunicazione. Un breve conciliabolo fra me e i subalterni, poi ordine al sergente di tirar fuori dalla baracca i cinque tali soldati, uno per plotone, e uno della sezione, per motivi urgenti.

— Armàti?

— Non importa.

L'ufficiale di servizio sorveglia, non veduto, fuori della baracca. Un affar serio a svegliarli, quei cinque — poi un coro di bestemmie, brancicando nel buio a cercar le scarpe.

— Col fusil?

— No, senza. Marcia, tradotta.

— Ostia, cossa volli che no i ne lassa gnanca dormir!

— In ricognision, i te manda.

— In mònega! Disarmai?

Dopo cinque minuti i cinque svizzeri, imbambolati, sull'attenti, ricevono gli ordini dall'ufficiale di servizio: vuotare una zuppiera colma di gnocchi nella cucina degli ufficiali, il formaggio c'è sopra, portarsi il cucchiaio, dopo passare dal signor capitano a prendere un bicchiere di vino.

Vengono, infatti, poco dopo (Bordoli dice che nemmeno ha bisogno di lavarla, la zuppiera) con gli

occhi lustri, a bere il vino e raccontar la loro gioia.
Dice Tonòn, piccolo, rosso, la barbetta da becco:

— El xe el più bel giorno de la me vita.

E De Malandrino, l'abruzzese del '96 che ha a
casa moglie e due figli, faccia da arabo terminata dal
pizzo corto e crespo, spalancando la bocca su un
luccicore di denti da lupo:

— Signor Capitano, tu l'hai indovinata la fame
che tenevo stasera!

———

Poichè la mia compagnia è la più povera d'uomini,
il maggiore me la rimpolpa con tutti i condannati che
mandano al battaglione con pena sospesa. Oggi me
n'arriva uno che viene dal battaglione Feltre, bel tipo,
vecchio del novantuno, sciatore scelto, ciarlone e con-
fidenziale. Il suo delitto? Diserzione all'interno: in
lingua povera, gli avevano promessa una licenza se
andava di pattuglia in un certo posto, in quel certo
posto c'è andato, la licenza non è venuta, se l'è presa
da sè.

Inutile persuaderlo che ha fatto male. Guarda con
occhi chiari, dice: — Gavevo dirito a la licensa, sior
capitano, me la go tolta da par mi.

Dirgli che è un atto da cattivo soldato?

— Mi, sacramento, che son sempre stà el primo
in tute le pattulie che gavemo fate al Feltre col Caìmi
quando che se gera drento per la Valsugana?

Ma quattro anni gli ha buscati lo stesso. L'ho preso
senza spaventarmene, come ho preso gli altri, con-

dannati più o meno per gli stessi reati : sono scappati a trovar la moglie « che la gera drio a far zaino a tera » a partorire, cioè; hanno detto, da sborniati, aeroplano ai carabinieri; non son tornati subito allo scadere della licenza, perchè, come Palucci raccontava l'anno scorso alla Regana quando era il barbiere della 265.ᵃ, « gavevo quela vecia de me mare da trovarghe na casa, che el xe vero che mi pare è morto e cussita son contento che son mi el capo de la fameja, ma con quela svergognata de la mi cuniada no la se pol vedar, e cussita go dovù meterghe pase fra quele done prima de gnir via, e son sta dal sindaco per farme slongar la licensa e lù gnente, e son sta dal marescialo dei carabinieri e lù gnente, e alora me la son slongada da par mi ». E finita la lunga cicalata un attimo di meditazione, poi Palucci aggiunge :

— Ma, sior tenente, se lu gaveva bisogno de mi bastava che lu el me mandasse un telegramma de gnir subito e mi vegniva subito.

Ora, in questi casi, se nessuno lo veniva a sapere, il maggiore gli faceva quattro urlacci, un calcio sotto la schiena, tutto era finito. Ma gli hanno sorpresi in treno, o alla tappa, hanno avuta la loro denuncia, sono stati condannati.

Sì, son cattivi soldati, indisciplinati. Ma che volete fargli quando il giorno della prova son lì pronti a dar via la pelle con bella semplicità ? Il sergente Pianezze del Cismon, nel luglio del 1916 mette su sei o sette esploratori malcontenti — anche qui, licenza promessa e non veduta — e scappan tutti a casa, Lamon e Arsiè

e Fonzaso (ci fu prima la storia d'una cassetta di bottiglie della mensa d'un battaglione di fanteria messa
nella loro baracca insieme con altri fanti e un servizio
di sentinella; quei manigoldi di soppiatto votarono la
cassetta, misero al posto delle bottiglie dei bossoli da
75,, la richiusero, nessuno se ne accorse). Stanno a
casa tre, quattro, cinque giorni, ritornan su badiali e
sorridenti. Pianezze perde i galloni, ma chiede — e
ottiene — di restar con gli esploratori. Al Cauriòl il
19 ottobre è magnifico, una ferita alla fronte non l'ha
fermato, ha trascinato avanti i compagni come fosse
ancora sergente, è rientrato a notte dal combattimento,
acceso, stravolto, un velo di sangue sul volto. — Sior
tenente, me dispiase d'averghene copà pochi de quei
porçei! — e se gliela danno, e se gli arriva a tempo
prima che ci lasci la ghirba, avrà una medaglia d'argento.

Ed io, con questi condannati, con questi brutti
soldati, rimpolpo la compagnia di fegatacci sani.

Il superiore è venuto a visitar la mia linea e m'ha
messo agli arresti. Amen. Questo mi succede da
quando gli sono caduto in disgrazia, e se non fossero
quei soldi dell'indennità che ci si rimettono, ormai
il morale ci ha fatto il callo. E dice: Bisogna affret-
tarsi a fare i ricoveri per l'inverno, mandi a prendere
tavole, guardi però che ne ho poche, ed armi bene
le baracche, si ricordi però che alberi non se ne tagliano, e faccia caverne, guardi però che gelatina non
ne ho.

Già. Qui c'è un buco, mi faccia un osso buco.

Si mandano a prendere tavole al magazzino del Gruppo, me ne dànno dieci, e se non ne potessi rubare una trentina tutte le notti disfacendo i baracchini che sta facendo di giorno il Genio sulla strada del Pagerlok (lavoro di Penelope) starei fresco. Per i tronchi, una pattuglia fuori dei reticolati, così sgombriamo anche il campo di tiro. Sfrondarlo subito, però, il tronco, perchè se il superiore lo vede, gli si possa contare che è vecchio, trovato lì (con che cosa pensa che si armino le baracche?). Ma chiodi non ce n'è. Nemmeno alla Divisione. Sono rarissimi qua su, tanto preziosi che alla compagnia di Busa si giuoca alla morra, e chi fa dieci punti vince un chiodo.

Chiamo Da Sacco il fabbro a consulto, occhietti vivi sul viso scarno e bruno, che è stato diciannove anni a Salisburgo, e che non sorride mai. Da Sacco dice — Penso mi a far i ciodi, se lu me dà el carbon per la fucineta.

— Hai una fucinetta?

— Sior sì (orgoglio negli occhi). La go *prelevà* al bataion de fanteria quando g'avemo avù el cambio. Ma carbon, quelo me manca.

Carbone? Buono di prelevamento. Non ce n'è, rispondono. Allora trattative con quelli del martello perforatore, il permesso di farsi aggiustare le scarpe dal mio calzolaio e farsi dare un bicchiere di vino dal Bordoli; e loro cedono il carbone.

Le tireremo su, finalmente, queste baracche?

Prima però Da Sacco si deve costruire uno scalpello e una pinza, dopo si mette a fabbricar chiodi, senza testa, non importa, si lasciano battere lo stesso, come i generali (quelli austriaci, diciamo). E la gelatina poi è un affar serio trovarla, ci dànno cheddite — ma poca — o quella polvere nera che è un disastro. Ed è curioso veder un tenente con un pacco di cartocci di gelatina in mano, chissà dove gli ha trovati, insidiato, corteggiato, assordato di promesse perchè ne ceda un poco, come recasse con sè il più prezioso dei tesori.

Poi, perchè le tavole mancano, si decide di tirar su i muri. Ma anche qui, la calce non ce la dànno: e bisogna ricorrere al medico che la prende al magazzino della sanità con la scusa che gli serve per la disinfezione latrine,

E così i baracchini sorgono. Ma il superiore che viene accigliato in linea e vuole le rastrelliere — persino! — per i fucili e i cartelli con l'indicazione: Latrina, e il filo d'Arianna per andarci di notte, il superiore che dà pipe a destra ed a sinistra, non sospetta nemmeno per un attimo con che cosa si combatte qui per farci la casa, mentre c'è già mezzo metro di neve e il gelo fluisce la notte sotto gli abeti stecchiti: con quali accorgimenti questi combattenti fanno i muratori gli scalpellini i falegnami, con quali sotterfugi se la cavano, persino con una ricognizione in fondo al vallone, a due passi dagli austriaci, per portar via le lamiere alle vecchie baracche abbandonate, che se ai sommi comandi lo sapevano gli veniva un accidente. Già, perchè per uscire dai reticolati ci vuole il loro ordine scritto; e questo perchè per loro i reticolati servono ad impedire ai soldati che volessero disertare di farlo — non ad impedire che venga dentro il nemico, come credevamo io e te.

Gai lavoratori, ai quali basta iniziare qualchecosa perchè s'innamorino dell'opera, e portano in tutto una logica e serena perfezione; e lisciano con cura i travi e squadrano a filo le pietre, felici di ritrovare gli arnesi della loro fatica da borghesi, felici di mostrare al capitano che con un colpo solo di mazza dato giusto spaccano il sasso in due (gli dànno prima qualche tastatina attorno, e si consigliano serii), felici delle tavole che si segano essi stessi dal tronco d'abete con gesti eleganti e jeratici, e che ammucchiano in piramide vicino alla baracca. Individui, personalità che si distaccano a una a una dalla massa grigia, e vien raccapriccio a pensare che una pallottola annullerà domani tanto senno semplice, tanto accorto senso della vita. Limana, caporalmaggiore, grande e bruno, barba quadrata e due occhi dolci e buoni, che ruzzola tronchi come fossero fuscelli; Tiziano Centa, dal grande barbone rossastro su un viso da quindicenne paffuto, che ci tiene alla sua fama d'essere il più forte soldato della compagnia e s'accanisce a smuover sassi grossi come una botte; Costa l'esploratore, secco e ruvido, che colpito di ritenuta sulla cinquina per avere perduta la maschera me ne portò alla sera dieci arrangiate chissà dove chiedendo se ero disposto a pagargliene nove; De Riva il carbonaio, che nel bosco fradicio,

sotto la nevicata, con un fiammifero e due cartoline
sa suscitare in cinque minuti una fiammata che basta
a tutto il plotone; Tonòn che fa scompisciare tutta la
compagnia per le storie matte che racconta con una
faccia da satiruccio malinconico, e che vuole andare
negli arditi perchè « ciapar le posision l'è el più gran
gusto che ghe sia, ma tegnirle dopo l'è na gran passion ».

Tonòn s'è cacciato nel suo buco, una tana da volpe
che si fa solo lui, con Semprebon che gli tiene il pistoletto.

— Poi ghe faremo la svolta, e drento altri do metri E poi ghe metaremo un cartelo in çima: Questa
caverna l'ha fata Tonòn. E là in fondo zogheremo
la morra con un candelin, che le granate no i ne ciapa
de sicuro.

Altre squadre si sono scavati i loro ricoveri qua
e là nelle trincee, nell'imminenza dell'inverno, caverne
rivestite di tavole, baracchine a sgrondo contro il camminamento; e si sono fabbricate le stufe con i lattoni,
e se dal tetto piove un poco ci si mette sotto la gavetta.
A sera andando per la trincea, chi origlia alle porte,
sente dialoghetti buoni e semplici, bestemmie innocue,
niente previsioni, niente sconforti. E l'abruzzese anal-
fabeta che detta al compagno che sa scrivere la sua
lettera.

— Dije che l'è una vacca. Sì, scrivi così. E che
nun me ne importa più gnente. E dije, sì, dije che
se pò pijà pure n'altro amante, e, aspetta — je vojo

dì tutto, capisci ? — dije così, che nun me n'importa più gnente.

Fuori non ci sono che le vedette. Due ore di turno e due di riposo, perchè siamo rimasti troppo pochi. Ambiguità nevosa fra il bosco, calma perfetta, senso d'una rete d'insidia che può stringersi da un momento all'altro. La notte brilla con stelle indifferenti sull'attesa taciturna. Insonnia e veglia nel baracchino del capitano, del comando di battaglione: e pronto il conforto di caffè e di pane arrostito per l'ufficiale di servizio che ha finito il suo giro. Nelle cavernette, nelle baracchine pochi dormono. Dialoghi fra il capoposto e i suoi uomini, attorno al fuoco di legna nel bidone, fumo acre che morde, faccie tagliate crude dalla fiamma che profonda gli occhi in cavità enormi e incide le bocche segnate dalla barba crespa: nidi di mitragliatrici e d'energia insonne, se il nemico volesse attaccare. Ma noi sappiamo bene che non ci pensa.

Quando vuole attaccare, lo sentiamo con un senso volpino che ci è venuto con l'abitudine. Ma ridiamo, quando l'allarme ci viene dal di dietro. Laggiù, ai comandi isterici, basta un chiacchierìo di mitragliatrici o la sghignazzata di qualche bomba a metter paura. Che c'è, che succede ? E si attaccano al telefono e ti rompono l'animo. Cose che accadono a chi non ha fatto la guerra. Se avessero posti con noi i reticolati e avessero provato a passar quelli degli altri, se avesser scavate con noi le trincee e preparati gli appostamenti, se avesser preso i pidocchi con noi e tremato di freddo con noi e rabbrividito con noi sotto l'attacco imminente, saprebbero bene come stanno le cose. E non ci domanderebbero ogni sera di raddoppiare la vigilanza come se fosse la razione foraggi (quella invece la diminuiscono, poveri muli). Ma non hanno fatto la guerra, pur se la comandano.

E dice De Fanti, barbetta rossa, cuor d'oro, sottotenente da venti mesi perchè le carte gliele smarriscono sempre, e sfottuto dal colonnello che non capisce quanto orgoglioso eroismo, quanto spirito di sacrificio sia sotto la sua scontrosità ruvida di cadorino — dice De Fanti:

— La guerra la vinceremo quando comanderanno le divisioni quelli che hanno comandato un plotone in guerra e sapranno che cosa vuol dire.

———

A leggere i giornali se ne imparano delle buonine. Ecco qua. Un deputato interroga il ministro della Guerra per sapere se sia vero che per i nuovi chiamati alle armi non ci sia più il volontariato d'un anno: e il ministro si affretta a tranquillizzare l'interrogante, che i volontari di un anno ci saranno, sì, e quello che più importa anche in armi che non siano la fanteria.

Un altro deputato espone recriminazioni alla Camera lamentando la troppo rapida carriera degli ufficiali delle armi combattenti sopratutto in confronto degli ufficiali della sussistenza e del commissariato. Macabro, l'onorevole recriminante; chè dovrebbe anche ricordare l'apologo trilussiano: « La promozione è certa, e t'assicuro — perchè me so' magnato er capitano! ».

Un terzo onorevole lamenta che non sia considerata campagna, con tutti i nastrini e le indennità e i computi economici, la guarnigione in Ancona per le sue frequenti offese dal cielo e dal mare.

Vien qua, vecio, che oggi festeggi con Romanin i tuoi sessanta mesi filati di naja e se la ti va bene fra altri dieci mesi sarai tenente con due anni di anzianità arretrata, e dal fondo della gavetta che il dottore ci ha riempito di vino buono tiriamo fuori le nostre meditazioni. Il soldato di fanteria (e l'alpino non è che un fante più testardo e più solido), lacero, pidocchioso, sudicio, confitto alla terra ed al fango che rosicchia insieme alla pagnotta dura e al rancio freddo, e se passa la granata tutta la faccia su quel fecciume per farsi più piccolo; che dorme fra un allarme ed un calcio, serrato dai suoi aggeggi di guerra, a caso, sotto la tenda, all'addiaccio anche se piove, anche adesso che ottobre riammucchia la neve sul suolo — gratta via la neve se vuoi fare un po' di fuoco, e sempre quell'umido addosso —; che la sua guerra più bella combatte il giorno di combattimento, ma gli resta poi l'altra d'ogni ora col topo con l'insetto col vento con le circolari che gli vietano di spogliarsi anche a riposo, col cantiniere che gli ruba sul vino, con la posta che si smarrisce; il fante non interessa gli onorevoli preopinanti. E i tardi chiamati alle armi deprecano la sorte di venire a far parte della purpurea fanteria così pro-

diga di sangue ; e chi speculò il volo dei velivoli nemici dalle altane fiorite (è uscito adesso un libro di
Ezio Maria Gray che si può definire il libro d'oro
dell'imboscatura italiana) vuole anche lui il suo soldo
di guerra e il suo nastrino sul petto.

— Diavolo — dice Romanin — costa più la vita
in città che in trincea.

— Siamo figli di cani — dice il dottore — presi
a calci da chi dovrebbe baciare le nostre pèste, e maledetti dai profeti.

E ci squinterna sotto il naso, edizione di Colonia
apud Naulaeum, 1679, la profezia di Ezechiele, la
maledizione del fante: « Et projiciam te in terram,
super faciem agri abjiciam te: et abitare faciam super
te omnia volatilia coeli, et saturabo de te bestias uni-
versae terrae. Et dabo carnes tuas super montes, et
implebo colles sanie tua. Et irrigabo terram foetore
sanguinis tui super montes, et valles implebuntur ex te. »

PARTE TERZA

30 ottobre.

Notizie tragiche giungono dalla fronte orientale.
Il nemico calpesta il suolo della patria, soldati gettano
le armi.

Qui, nulla. Vigilia che s'attedia di malinconie
burocratiche, attergati e circolari, pedanterie di comandanti nevrastenici, buffe pretese di superiori che
non sappiamo stimare.

———

Non sappiamo più nulla di quello che succede. Nè
posta nè giornali nè comunicati, solo notizie sgangherate arrivano, impossibili di successo o angosciose
di rotta. Ponti troncati, dietro a noi, ogni legame ta-
gliato, soli noi e il nostro aspro compito quando il
nemico urgerà. La solitudine fosca di questa neve è
tutto il nostro mondo ormai. Ma i soldati di Busa tutti

friulani, e qualcuno dei miei ufficiali, Romanin da
Forni Avoltri, Scarpa da Udine, De Fanti da Agordo,
ignorano tutto della loro famiglia; ma i miei soldati,
tutti cadorini e bellunesi, presentono il rischio che
batte alle loro case e si radunano, a sera, sulla cima
più alta a intendere l'orecchio e l'animo verso quelle
lontananze.

> O tu stele, biele stele,
> va, palese il mio destin,
> va, daùr di che' montagne,
> là ca l'è il mio curisin...

Taciturnità alle mense, ricerca del grappino ma
solo per deviare le idee, impressione di inutile di triste d'irrevocabile — come quando nel pomeriggio di
inverno giunto sotto la cima scivolai sul ghiaccio liscio
fino al fondo della parete, e mi toccò ricominciare
l'ascesa.

---

9 novembre.

Senza combattimento dobbiamo abbandonare le
belle linee munite, gli appostamenti, tutta la nostra
opera di tre mesi, le baracchette in cui già si pregu-
stava l'ovattato assedio della neve.

Stasera nevica con infinita tristezza, senza vento,
sulla linea che s'ammanta di suprema bellezza — per il
commiato. I soldati montano taciturni per l'ultimo turno

di trincea. La notte è già corsa da bagliori improvvisi; i soliti incendi delle ritirate Come l'anno passato.

———

10 novembre.

La nevicata ha cessato. Tutto il giorno, nel desolato disordine delle cose che si abbandonano — marcia tortuosa — brontolando, noi e le truppe a cui si passa d'accanto, perchè non si capisce l'abbandono di tanto terreno — teso l'orecchio, invano, a cogliere più che rare fucilate di pattuglie — ripieghiamo su posizioni più arretrate, linea erta di monti senza trincee. Ci si accampa, a sera, fra la neve, sui fianchi del monte Tondarecar.

———

11 novembre

A mezzogiorno, si levano d'improvviso le tende. Pare che il nemico abbia rotto più a valle. Sotto, alpini delle ore tragiche, per turare il buco ! Mollare tutto, le casse di cottura, le tavole racimolate, la terza coperta, ma far presto, far presto. Giù a rompicollo.

A valle buone nuove. La falla è stata chiusa per opera del battaglione Verona: ci ha lasciati tutti gli ufficiali, ma l'ha chiusa.

Foza fangosa. Dove dormiremo stanotte ? Intanto ci cacciamo dentro alla sussistenza. Se si deve perdere il paese, rubiamo noi prima dei cecchini. Io nascondo

sotto il cappotto un sacchetto di zucchero che mi ad-
dolcirà gli atroci caffè di Bordoli. E i soldati rubano
le scatolette di carne.

Il fato è buono. Dopo un'ora di marcia si giunge
ad una casa, fra pareti di muro, davanti ad un enorme
focolare su cui arde il ceppo della leggenda.

Buona sera, signori della Presidiaria. Voi ci offrite
l'ospitalità e noi vi mostriamo le nostre faccie allegre
di combattenti in vacanza.

———

Centelliniamo il riposo davanti al focolare. Ma a
crepuscolo allarmi. Faticosa marcia sotto la neve; si
giunge nella tormenta alle falde del monte Tondarecar, si accampa nella neve e nel pacciume.

———

13 novembre.

All'alba, ordine di andare in linea con la compagnia sul monte Tondarecar. I buoni soldati del genio
hanno cominciato a costruire un reticolato proprio sulla
cresta del monte. Campo di tiro, zero. Rifaremo, non
è vero? Fare e disfare è tutto un lavorare; ma voi
farete le schioppettate con noi se sarà necessario. E
sarà necessario. Chè ho quattro uomini ogni cinquanta
metri.

Nella luce livida doloroso scenario delle alpi che furono nostre e che ora il nemico possiede. Ma dove urterà contro il nostro dolore e il nostro rancore, non passerà.

———

15 novembre.

Non è passato.

———

22 novembre.

Nemmeno oggi è passato. Dopo la furia del bombardamento su queste linee appena abbozzate, il nemico ha ritentato lo sforzo con vanità d'assalti tenaci. E anche oggi, morti su morti ha lasciato, nel bosco, nel pianoro scoperto, fra i sassi, contro i reticolati.

Le mitragliatrici radevano la trinceetta bassa sul cucuzzolo — ma appena il rischio s'allontanava, fuori le teste i miei alpini ostinati, a cercar il bersaglio E De Fanti teme che si siano radunati nemici in angolo morto sotto il reticolato, e balza in piedi fra una raffica e l'altra sulla trincea e butta — e colpisce nel vivo — bombe a mano lì sopra, barba al vento, decisione d'eroismo stampata sulla faccia. L'altra notte udimmo gli urli delle donne di Enego, quando v'entrò l'austriaco — e De Fanti pensa a sua madre e alle sorelle rimaste nel borgo cadorino e una volontà inflessibile di vendetta gli segna la fronte.

Ahimè, ho paura che stamattina non si mangi, nè ufficiali nè truppa. Il vecchio Gallina ha mollato mestolo e forchetta, ed eccolo quí alle fucilate, e dove mira, azzecca. E Ceschin ha lasciato laggiù le casse di cottura ed è venuto a cercare un fucile, e quando io mi meraviglio di vederlo qui e gli faccio i miei elogi, mi guarda attonito, meravigliato lui della mia meraviglia.

———

M'arrivano i complementi in linea.

Perchè dice il generale: Voi siete truppe solide, quindi resterete in linea ancora un poco; il cambio — in Italia, sapete, con vino e con donne! — lo avrete, ma più tardi.

E questi bocetti del '99 che han le famiglie che son rimaste di là, e tremano di freddo la notte perchè hanno solo una coperta e schizzan fuori dalla tenda venti volte a far le corse per scaldarsi, questi bocetti sono pieni di buona volontà, e già battezzati dal sangue, perchè mentre venivan su a gruppi ci batteva dentro l'artiglieria nemica dal Lisser.

———

Ma poichè c'è un tenente colonnello che non vuole andare sotto un altro tenente colonnello, e c'è poi quello che rimarrebbe senza robbio, e se lui ci ha il suo settore lo voglio anch'io, così si scompongono i gruppi, si ricompongono, dividono il fronte in settori e in sottosettori, si prende il nostro battaglione, si dice: Càvati di lì e vai in un altro settore, se no il conto dei settori non torna più. Amen. E ci porteremo in linea sotto Castelgomberto.

Speravi di andare a riposo in Italia, alpino brontolone ? Ma quello — lo ha detto il generale — è il
premio alle brigate poco solide, che a tenerle molto
in linea c'è paura che mollino.

C'è ancora vino nel barilotto, c'è ancora fede nei
cuori e forza nelle gambe ? E allora via la malinconia, ragazzi. Il vostro capitano vi racconterà stasera
com'era bella la sua amica bionda il giorno di maggio.

———

Antri trogloditici, stillare delle pareti umide. Reumatismi.

———

Pace, finalmente, dopo il tambureggiare di tutto
il giorno, e felice Porro che va ferito all'ospedale...
chè non lo intrappoleranno lui, come temiamo per noi.
Nel mare di corallo e di viola della sera si sommergono
le alpi perdute, si attenuano le dolomiti di fiamma.
Sul monte Grappa i bagliori del lungo bombardamento
assumono una nitidezza di stelle sull'azzurro del monte,
quasi spoglio di neve in questa ostinata primavera —
alleata del nemico.

L'esaltazione del mio posto di combattente d'avanguardia, sempre, nelle ore più gravi, stasera cede ad
una stanchezza un po' grave, fatta di presentimenti, di

nostalgie, di ricordi suscitati senza sforzo dall'ora di viola e d'azzurro.

Non c'è più, in me, da un pezzo, la presuntuosa certezza di sopravvivere. Troppo si prolunga la guerra, troppi se ne sono andati e se ne vanno ogni giorno per la via tenebrosa della rinuncia. La vicenda è eterna, con giuoco continuo siam presi dentro nella macina e risputati fuori per esserci impigliati di nuovo più tardi. Stanchezza e terrore di questo destino ferreo — stasera: come fossimo già morti e solo c'indugiassimo ancora su questo mondo nella speranza d'una resurrezione impossibile.

Presentimenti.

Dice il capitano Busa : — Doman quei che xe sul Tondarecar i lo perde, mi vago al contratacco, sparo sora a lori e ai todeschi, e ghe lasso la ghirba.

Uno dei tanti presentimenti — perchè indugiarcisi sopra col pensiero? E col suo sorriso un po' stanco sul volto scarno e solcato da trenta mesi di guerra, attinge vino dalla grande zuppiera posata a terra, nel circolo dei suoi subalterni e di noi ospiti, seduti alla turca sui sacchipelo. E racconta le sue piccole disavventure, sottolineate dai gesti eloquenti, già dimenticando tristezze e previsioni.

— El vegna qua, Casagrande, el beva un goto. Nane, porta la tazza degli ospiti all'aiutante maior.

E Casagrande riceve dal sorridente Nane la tazza degli ospiti, in cui un bocetta del '99 si annegherebbe, ed ove ondeggia un rosso mare di vino.

— Lori i me tira i granaton, capisse — continua Busa con una portentosa ricchezza di mimica — e un de sti mazzai de granaton el me ciapa in te la tenda. In te la tenda gavevo el cofano de cancelleria, el telefono, el caratel del vin. El me lassa star el cofano che podeva ben andar a ramengo, con le so scartoffie, el me lassa star el telefono che 'l ghe serve a lu, per romperme sempre l'anema, e nossignor, ostia, el me ciapa propri sul caratel del vin.

Costernazione.

— Ma adesso go fato far na galaria sul de drio, e in fondo alla galaria ghe meto el vin, che se i todeschi vol ciaparlo bisogna che i me tira le granate col rampin che marcia a zuruck.

---

4 Dicembre.

Alpini di Castelgomberto, noi lo sappiamo tutti, nevvero, che il nemico noi lo abbiamo respinto, che sconvolse con le sue artiglierie le trinceette basse, e tentò di sorprendere le nostre guardie. Ma il nemico ha rotti i fianchi più deboli, le truppe sulla nostra destra si arrendono, siamo avvolti e minacciati da tre lati.

È l'ora: quella che io presentivo, pur riluttante, dal mio primo giorno di guerra. Pare che tutto il passato di lotta e di angoscie e di sforzi confluisca con enorme violenza ad un solo punto definitivo e tragico per vivere il quale tutto quel passato non fu che un'attesa necessaria. È il momento in cui la vita non è nulla e la madre è dimenticata e il viso di un morto ha la promessa di un'uguale pace al tuo smarrimento. Ma il rivoletto di sangue dalla fronte del caporalmaggiore e le parole concitate del sottotenente s'intagliano nei sensi, afferrati con nitidezza di percezione, incasellati per il ricordo eterno.

Il capitano Busa parte con tutta la 300.ª per tentare di chiudere il buco.

Ma adesso gli ho addosso io.

Corpo a corpo. Sbalzi successivi, difesa disperata delle mitragliatrici. Sei morto anche tu, vecchio Altin? Io t'invidio.

Intorno a Castelgomberto formiamo la linea definitiva. Di qui non debbono passare più. Qui ci son penne d'alpini, perdio. E il nemico cede, e si accontenta di sgranare su di noi le sue mitragliatrici.

Lontani, nel bosco, sempre più poveri di voci, i « Savoia! » della eroica 300.ª, che combatte la inutile lotta ineguale, che si dissolve. Ed ecco Tarchetti arriva, l'adolescente meraviglioso, e ci dice che anche Busa è morto, schiantato da una pallottola in fronte, eroe sereno, gaio compagno da diciotto mesi della mia guerra. Io lo invidio, stasera.

Ed una ragione di rabbia un poco umoristica fra il grande smarrimento angoscioso: il nemico s'insedia alle nostre mense preparate, mangia il rancio pronto dei nostri uomini : e noi ci tiriamo la cinghia. Ma con tiro a segno preciso i più imprudenti che mettono il naso fuori dalle caverne sono mandati a gambe all'aria.

Scende la notte gelida, ventosa. Giungeranno i contrattacchi sperati ? Intanto, senza cibo, senza coperte, senza ripari, tenacemente aggrappati alla montagna, attendiamo che il nemico avanzi.

---

5 dicembre.

Tutti gli attacchi notturni del nemico sono disperatamente respinti. I soldati hanno fame e gelano nella notte rigida. ma finchè le mani intirizzite reggeranno la baionetta, si colpirà.

Un levare di luna neghittoso sul bosco brulicante di insidia, gemiti di feriti, doloroso silenzio delle lontananze, donde si attende — invano — il grido della riconquista. Le pattuglie inviate a cercare collegamento sulla sinistra non tornano più: anche di lì c'è il nemico, che ci avvolge da tutte le parti. A tratti, sghignazzano sinistri nel bosco gli spezzoni di De Simone. Dieci casse ne abbiamo, dieci casse dobbiamo vuotarne sul nemico, chè la notte sia d'agonia e di terrore anche per lui.

Con l'alba, batter di mitragliatrici su di noi, e sempre l'inutile attesa. Il sottotenente morto dorme accanto a me immobile e indifferente, e invidio quel suo sonno irrevocabile senza la visione del crollo enorme, del disfacimento, lui morto nella rabbia del contrattacco quando una certezza di vittoria dirige gli atti temerarî.

E fame, e sete, e il freddo notturno che ci lega le membra.

Ma poichè non si mangia e non si beve da quarantotto ore, e non ci sono più cartucce, e siamo pochi, il destino chiude l'atto. Cala il sipario.

Lacrime amare, e uno strazio così forte che si ha il senso che nemmeno la morte l'annullerebbe. (Il viso di mia madre in fondo alle decisioni più disperate — e scaravento la pistola nel burrone). E vedo piangere i più vecchi dei miei alpini, reduci con me dalle battaglie della Valsugana e del Cauriòl, da tre inverni di guerra, dal carnaio dell'Ortigara, superstiti d'una lunga serie di morti per tutte quelle valli e quelle cime perdute. Non so il nome del soldato che dice, accanto a me:

— Cossa che dirà me mare!

Ma il suo volto vedo, arso dal fiato della battaglia, illuminato dalle lacrime.

È per questo che ci avete tolti dal monte che noi avremmo saputo difendere, e ci avete cacciati in questo culo di sacco, gente gallonata?

E questo è il premio alla tua guerra, buon alpino. Nemmeno trenta mesi di guerra ti dànno il diritto di continuarla. E adesso morrai di fame, dannato alle compagnie di lavori forzati sulla fronte nemica.

———

Melanconico corteo verso le retrovie nemiche. La fame atroce sovrasta beneficamente al dolore. A buio, ci mischiano con un'orda enorme di altri prigionieri; fra quelli, quanti sono che alzaron le mani senza combattimento ?

Le bestiali necessità del cibo e del riposo superano ogni senso di dignità; già soldati si scrollano di dosso il fardello della disciplina, gettano contro l'ufficiale il loro odio, il loro rancore, la sodisfazione d'esser prigionieri.

Mezza scatoletta di carne a mezzanotte per viatico sufficiente per il domani. Continua la marcia fra le povere retrovie nemiche: drappelli di territoriali emaciati, allampanati, sbrindellati — ci sono gobbi, c'è un nano ripugnante, ride con tutti i denti allo spettacolo che gli diamo — carrettelle sgangherate, carogne di muli, a cui soldati famelici rubano la bistecca.

A Portule, dinanzi alla fontana, scene di pigia pigia, un pugno nello stomaco dal soldato, pròvati a rimproverarlo, risponde che disciplina è roba che andava bene di là, parapiglia da trivio e da bordello: e al passaggio tronfio, ilare, l'austriaco obeso dinanzi alla turba informe dei prigionieri, uniformi lacere, senza fregi, teste nude perchè troppo pesante l'elmetto, stellette barattate per una fetta di pane, mostrine strappate al momento della resa.

Fame. Stamane alla partenza un pugno di gallettine e una tazza di caffè-surrogato; alla tappa — un malinconico pascolo, baracche fra alberi densi, fumare della sera fredda da quinte oscure di monti — un po' di brodaglia al sego e un velo di pane.

Si dorme nella baracchetta pidocchiosa — poi il giorno dopo, alba di fame, e marcia, ancora, dell'orda sgangherata, vigliaccherie ed insofferenze, la disciplina scomparsa, solo un'ansia di cibo e di riposo. Alle due del pomeriggio in fila, come mendicanti alla porta del convento, per ricevere un po' d'acqua nera e tepida e un quarto di pagnotta, il sottotenente davanti a te ha i tuoi stessi diritti, ma lui se ne prevale, provoca con ostentazione e chiede l'approvazione dell'austriaco, questi interviene con superiore degnazione a far giustizia — è così forte l'umiliazione e la vergogna che i morti lassù sulla montagna contrastata sono ripensati con accorata invidia.

Il solito giaciglio alla sera a Caldonazzo, cameroni luridi, gelidi, pidocchiosi — senza cibo.

———

La fame accende gli occhi, snoda le lingue a discorsi incoerenti. Rinchiusi nel casone sporco, ci si sperde per i cortili in cerca di insperato: un orologio barattato per mezza pagnotta pare un affare d'oro, recriminazioni perchè il barattante non ha più pane da cedere a quel cambio.

Poi ci dànno il caffè, e più tardi una mezza pagnotta nera e fetida. che arresta istantaneamente il coraggio di mangiarla quando i primi bocconi hanno quietato un poco la brama.

E di nuovo in marcia. Gli austriaci ci incitano a camminar rapidi per giungere a Trento con la luce. Più presto arrivate, più presto mangiate. Ma no, non avremo l'onta di traversar la città sacra di giorno, di portar questa abbiezione sciagurata fra il dolore e l'orrore dei nostri fratelli trentini. A buio v'entreremo, occhi aridi nella speranza di non vedere in quelli dello spettatore il rimprovero, o la domanda angosciosa a cui non si saprebbe rispondere che con un singhiozzo. E trasciniamo lenti le gambe stanche, affrettando nel desiderio l'oscurità.

Già le montagne si serrano, la sera vapora dai fianchi dei monti e dal fiume invisibile. Istintivamente tutta la colonna informe si riordina, ammutolisce, nel silenzio lugubre fruscia solo il passo di marcia lento e composto, come se seguissimo il carro funebre d'un nostro caduto. Gendarmi a cavallo vengono ad incontrarci e si mettono alla testa ed ai fianchi, caracollando; riflettori battono le strade, non si sa se per sorvegliarci o per mostrarci. Taciturni, nella città taciturna, sfiliamo fino al Castello.

Comincia il rosario dei giorni sgranati con atonia, ascoltando malinconiosamente la nostra fame, le nostre memorie. Il carceriere che impiccò Battisti, sinistro

con il suo mazzo di chiavi, lungo mantello nero fode-
rato di rosso, pancia rotonda e sodisfatta — il cortiletto
lugubre e il pacco di mele gettato giù dal muraglione
da una coraggiosa signora (ma sotto accalcarsi nell'avidità del bottino, lo stesso brulichìo prepotente dei polli
nella stia a cui Bordoli gettava i ritagli di carne) —
viaggio notturno in treno per il nord, e sempre un ritmo
uguale di fame — arrivo a Franzensfeste, una baracca
un po' più comoda, si può comperare della marmellata,
visi si rischiarano nell'ebete beatitudine di chi s'ap-
presta a gioire della prigionia se avrà la pancia piena.

Ormai non più meta al desiderio, non più tenerezza di ricordi, un'uguale tristezza senza conforti,
nella miseria quotidiana d'una vita che oscilla come
un pendolo fra due fuochi, fame, tedio. E dapper-
tutto un capovolgimento di valori, non più traccia di
dignità negli uomini, dall'ufficiale che si mette la terza
stelletta per togliere il pagliericcio al tenente, ai prigionieri russi che vendono il loro pane e poi vanno a
razzolare fra il pattume e divorano le buccie di mela
e i rifiuti delle cucine. Par che la fame debba giusti-
ficare ogni bassezza, viltà si manifestano, ostentate con
cinismo perchè sembra che il ventre vuoto abbia pri-
vilegio sulla nobiltà della coscienza.

Il venti dicembre arriviamo al castello di Salisburgo — truce caserma con muraglioni a picco sulla
vetta di un colle scosceso; senza sole, rabbrividendo
di freddo per le sale vuote. Dalla nebbia e dalla neve
venta su di noi, con l'inverno boreale, un accoramento

di ricordi nella ricorrenza tradizionale del Natale.
Ma nel ritmo della noia esasperata dalla fame nessuna
dolcezza batte alle porte dell'anima chiusa nel suo
rancore.

Ma se leggo i bollettini della nostra guerra nella
traduzione dei giornali tedeschi, ecco, i nomi dei superstiti battaglioni gonfiano l'animo, citati nella disperata difesa del suolo della patria, i buoni alpini
serbati all'ultima fortuna, ancora abbrancati alla roccia,
ancora striscianti all'attacco, e liberi, ancora, liberi,
essi, col diritto al fucile ed all'orgoglio di contenere
il fiotto degli invasori. Dove saranno i miei, trascinati
in carovana mista per altro cammino? Lo so già. I
muscoli buoni e la tradizione gli hanno additati al
nemico, che gli avrà inquadrati nelle tragiche compagnie di lavoro, scavar trincee e demolir baracche sotto
un Feldwebel brutale, e la sera un quarto di pagnotta
e un pugno di crauti freddi, poveri ragazzi, e pensare
che comperavan tutti il supplemento di pane perchè
il rancio non gli bastava — finchè dopo sei mesi, sfi-
niti, snervati, stroncati, non siano cacciati in un ospedale di tubercolotici russi a prendervi lo stesso male.

———

Questo sudicio mucchio d'ufficiali che sfila sotto
i vostri dolci occhi profumati di violette, fanciulle sali-
sburghesi, non pensa ad insidiare il vostro cuoricino
di burro. I signori ufficiali non pensano che alla loro

fame. Dal fiume che trascina ghiaccioli vorticosi vapora un'aria fredda e malandrina che fruga nella pancia vuota. Fortunati i pidocchi che ne hanno sempre, di noi. Ma adesso la va male anche per loro perchè ci portano alla spidocchiatura fuori porta, baracche fetide, crocerossine provocanti che misurano la nostra magrezza con occhi esperti. Ma quando due austriaci deposero in un angolo del cortile un marmittone contenente gli avanzi del rancio, ci siamo buttati su quel beverone ignobile a contendercelo, come porci.

Quello furbo che sgattaiolò in cucina a farsi dare dalla crocerossina rossa del pane bianco, dopo, lavato a dovere, con la coscienza ilare per quella avventuretta riuscita bene, intona sulla via del ritorno la stupidità d'una canzone petroliniana. A mezzavoce, ma chiaramente nel silenzio dei sobborghi intirizziti. L'ufficiale di scorta dondola la testa accompagnando il ritmo. I rari passanti si fermano a guardare:

— Die Italiener.

Vedo i loro pensieri: maccheroni raffaello mandolino piume di bersaglieri caporetto. Lascia correre, Casagrande. Del resto, che cosa è oggi per noi la patria, se non l'odio per questi aguzzini e l'onta di doverceli tenere sul gobbo? E non guardiamo troppo quelle nuvole sgambettanti così rosee sul muso delle montagne e così alte da vedere i nostri monti, laggiù.

———

Anche fuggire non serve, pur se l'impresa cominciò con buoni auspici di romanticismo e 1848, calarsi con lenzuoli annodati la notte di capodanno per i muraglioni a picco del castello — pallore di luna sul bosco ghiacciato, ed ebbrezza di empirsi i polmoni d'aria gelata e non contesa, lungo il fiume vorticoso.

Poi ci acchiapparono, colpa d'un manovale zelante. Al ritorno, ammanettati, inquadrati dalle baionette, ci attende un'accoglienza esterrefatta da parte degli ufficiali austriaci e della loro ciurma. L'aiutante maggiore è brutale e violento. Una prigione, per questi ribelli, la peggiore, puzzolente, non s'accende la stufa, il rovaio soffia dai vetri rotti, magre coperte pidocchiose, un secchio in un angolo della stanza che sia il nostro cesso. Poi due giri di chiave alla porta; e dalla segreta spia la sentinella.

Adunate di pidocchi sul corpo; la mattina che ci si sveglia macolati per quel dormire sulle tavole si scende in caccia, i più grossi ce li mostriamo a vicenda. I colleghi hanno la diarrea; ma il secchio il carceriere ce lo vuota solo alla sera. Atmosfera grave e fetida, uggiosa costrizione, dalle finestre chiuse da sbarre e da una rete solo uno straccio di cielo sporco che si sfilaccia in neve.

Nella prigione c'è un fiato
grave, sui vetri arabeschi
di gelo o bravi tedeschi
questo è un pidocchio croato.

dei vostri. porta la croce
nerastra sopra la schiena
come ne avevo ripiena
la maglia al Cauriòl atroce.

ma sopra i vetri la danza
della neve tacita chiama
ad una tacita lama
vestita di lontananza,

che nel dubbiore lunare
blandiva la trepidità
della fuga, l'ansia d'andare
soli verso la libertà.

Il territorialone tirolese dall'eterna pipa che ciondola giù dalla barba nera fino all'ombelico, stasera ha guardato impietosito le mie mani gonfie pel gelo, m'ha fatto uscire, m'ha condotto furtivamente nella cucina calda luminosa soave — e m'ha fatto dare dalla vivandiera una tazza di brodo bollente, borbottando parole gentili nel suo dialettaccio.

Ci voleva questa notizia per deviare il corso esasperante delle idee, fame più accidia più angoscia, che fa dei volti dei miei colleghi rimasti (due sono andati all'ospedale) due maschere da morto. Chi sa com'è il mio. Ma quando il colonnello austriaco ci annuncia che al nostro maggiore caduto prigioniero con noi, difeso da noi, è stata concessa la sciabola pur nella prigionia per la salda difesa del suo battaglione, del nostro battaglione, e borbotta poi poche sillabe di rallegramento — Alpini, ja, tapfere Leute, bravi, bravi — (però ci lascia dentro), pare d'un colpo che le pareti della prigione svaniscano nell'aria e intorno a noi sia ancora l'odore e il rumore del combattimento e l'ebbrezza di esser uomini liberi in lotta, ancora la possibilità di decidere e di scegliere, e attorno i morti felici abbattuti nella speranza della vittoria.

Gagliotti dice: — Capitano, se avessimo del nostro bianco di Col San Martino per brindare alla notizia!

Ma non abbiamo nulla. Faremo comperare al carceriere buono, il tirolese dalla pipa ciondolante, dieci corone di marmellata, berremo l'acqua della brocca; e il colonnello austriaco deve aver capito con chi ha da fare perchè fa buttare nella stufa un po' di paglia che è vero che fa un fumo acre che ci morde la gola, ma dà anche un poco di calore. Ci portano persino il lume stasera. Bisboccia.

E Gagliotti ritrova in fondo alla sua gioia le canzoni del tempo felice, e balza in cima alla panca per ricantarle, come balzò in piedi sulla trincea il 15 novembre per gridare il suo dileggio agli Alpenjäger già vacillanti — quando era il più bell'ufficiale che portasse penna.

> Dove sei stato
> mio bell'alpino
> che ti ga'
> cangià colore...?
> L'è stata l'aria
> dell'Ortigara
> che m'à fato
> cangiar colore...

Righe nitide che adagio adagio con ferocia si scompongono, divengono segnacci orrendi. Rampollare di pensieri stupidi da un paterpensiero assurdo. Il passato è troppo bello per credere di averlo vissuto, il futuro lo s'imagina troppo bello per sperare di poterlo vivere, questo presente è atonia di rimpianto del passato o d'attesa del futuro. Vecchia scienza. Che dirai con parole nuove ? Io vivo sempre dentro ad un attimo solo, sempre quello, che si trasforma di riflesso per le mutevoli apparenze che gli sfilano dinanzi. Perciò la vita è così breve. Innanzi a me incatenato al presente come il paralitico alla poltrona, innanzi a me immobile sfila un cinematografo d'aspetti, e lo chiamo la mia vita. Intanto vengono i capelli bianchi e mi rivolgo già indietro — disperatamente — a richiamare la bella giovinezza. Altra film, signori. Comica, tutta da ridere. Ma la mia giovinezza ? Già proiettata, signore. Domani nuovo programma.

Amore accorato disperato di patria sentito per la prima volta così forte qui nell'esilio coatto.

Favonio discioglie le nevi, primaverilmente luccicano i canali nella valle già verde ed acerba, odor di zolle fuma dal basso alla nostra tetra dimora. Il sole e questo rinnovellarsi di stagione suscitano muffe verdi sugli stemmi episcopali degli archi sotto cui trasciniamo il nostro tedio e le nostre fantasie di lontananza.

Il colore dei suoi occhi un mattino d'aprile, la baracchetta dietro la trincea vigilata, battere con scarpe lucide il marciapiede bolognese, il tè nel caffeuccio ignoto della città ignota con l'amica sconcertante — ich glaube, Vaterlandsliebe nennt man dieses törichte Sehnen.

Bisogna tentare di nuovo la fuga.

« Lungo è il cammino, ma l'amore è forte ».

A sera, giù per i muraglioni, giù per la collina scoscesa, valicato il reticolato, nel lume lunare, ancora libero, verso la Patria.

E se dopo questi giorni di libertà sono riacchiappato, ed ammanettato, e perquisito, e tramutato di carcere in carcere fino alla mia vecchia prigione di Salisburgo, porto con me tanta freschezza di libertà di cui abbeverai polmoni e sensi nelle notti di marcia! Nel candore lunare, per le strade ghiacciate, qua e là l'invisibile rombo dei torrenti seppelliti dalla neve, chiusa la valle dal puro diadema delle alte cime, l'andare era leggero e trepido come un'ebbrezza continua. Ho bevuto alle acque dei fiumi. Ho dormito le giornate seppellito nelle foglie secche dei tabià, nel fieno delle alpi, rabbrividendo talvolta per avervi udito frugar dentro il forcone del Tirolese. Sono passato altre sere sotto un nevicare uguale e senza vento, per borghi taciturni, ma dalle finestre illuminate una malinconia della casa materna, di veglie tranquille in patria stringeva il cuore fino a farlo dolere. (Chi ritroverà la figurina di fanciulla che la sera a San Giovanni in Pongau m'indicò — paurosetta — la via?). Solo per il grande paese ostile — sotto la neve e la pioggia — e senso orgoglioso di dover passare così

a tutti ignoto, di spiare ai passaggi a livello, di vali-
car cancelli e superar recinti, vagabondo malinconico
e ostinato.

Ed ora, a guardarci l'ombilico dei rimpianti, ancora incarcerati.

Nei buffi del vento primaverile il vecchio castello
rabbrividisce; sulle alpi bavaresi si versa un azzurro
tiepido dal cielo rigato d'oro e di sangue. Promesse
fresche di primavera sulle soglie della prigione, pal-
piti di ringiovanimento sulle torri merlate, sul corti-
laccio cupo da cui avidi di spazio i vecchi alberi ten-
dono fino a noi i rami più leggeri, tardi a gonfiare le
gemme.

« Li dà puntura d'amore facendogli venire ascaro
della città sua, della casa, della famiglia e delli
amici ».

Partenza da Salisburgo, guardato minacciosa-
mente a vista da tre baionettone inastate. Nello stesso
vagone viaggiano — e m'arrivano strilli e sillabe musicali — amiche leggiadre di ufficiali austriaci intra-
vedute passando per il corridoio.

Il lago di Seekirchen. — Sehr romantisch — ap-
prezza la sentinella puzzolente che mi preme. Specc-
chio malinconico sotto la cenere vespertina, deserto
di rive e d'abeti e di baracchette di legno fatte per
amoreggiarvi con Gretchen: ciarpame sentimentale
che prende i sensi, tesi verso quella solitudine libera.

Il treno va fra boschi oscuri. Ma a tratti una finestrella illuminata, occhio compassionevole da qualche casetta bassa e quelle voci di donne dal corridoio, dipingono un'umile dolcezza di focolare domestico, vigliaccherie affettuose di rintanarsi nel cantuccio della casa e non uscirne più, attizzare in pantofole un buon fuoco di legna in una cucina di mattonelle lucide (come quella che vidi ai piedi del castello di Salisburgo una sera nebbiosa, e mi parve che entrarvi, e restarvi libero, fosse il termine della felicità).

Braunau di Boemia.

Neve e rigore di tempesta su questa landa boreale, chiusa in fondo da monotone collinette boscose in cui i reclusi con me riconoscono le più odiate quote del Carso.

Bolletta, lamento uguale di fame nel ventre; abitudine a cibi disgustosi, ad occupazioni insulse.

Colleghi chiacchierano di cose vane, versano egoismo dall'animo gretto, s'adagiano nell'angustia di questa vita; esultano, diffondono con entusiasmo se giungano notizie di progressi nemici che promettano adunque questa pace: con abbietto desiderio della patria che per essi è mangime più donne più sfrenamento di passioni.

Il cibo è la sola preoccupazione.

Chi fuggì o alzò le mani è Ajace ora; o supinamente ammira l'avversario; o sgrana un rosario di previsioni catastrofiche.

L'avvocato lavora al traforo delle assicelle di legno.

Ci si lavano le calze, le si rattoppano, teoria pidocchiosa di stracci attraverso la camera, nemmeno il coraggio di mostrare certi sbrendoli all' attendente, dover stare a letto aspettando che la camicia si asciughi.

Per alimentare le stufe si scoperchiano le latrine, si disfanno i marciapiedi di tronchi; il buono austriaco li riacconcia con tronchi freschi.

E pioggia lenta, e snebbiarsi delle nubi basse sulla landa melanconica: acque morte e mortali su noi, sull'intelligenza, sulla volontà.

Risalire in pellegrinaggio frequente ai tempi lontani, e trasalire di smarrimento all'urto di ricordi così lievi! Colore di cielo, odore di rena, alito di vento; mia madre, mio padre, il mio fratello morto, angoli d'infanzia fuori del tumulto che s'assorda, oltre la barriera della guerra che s'attenua. Come fosse passata invano questa passione su di me, e non m'abbia lasciato altro che le gambe stronche e i nervi scossi.

Tu hai fatto i capelli bianchi, vecchio del novanta, a questa vergogna delle baracche chiuse dai reticolati e vigilate da sentinelle che rubano per fame l'erba del fossato. Sono curioso se pensi alla doviziosa biblioteca del tuo studio quando con cura egoista malgrado il tuo buon cuore allinei nell' armadio i sacchetti di riso ed i pacchi di pane. Oggi che l'accidia del pomeriggio è più grave per un tepore torpido di primavera, tu chiedi: Che cosa fare perchè il tempo passi più leggero? E proponi di fare un risotto,

Sei guasto anche tu. Queste veglie ossessionate
di fughe, la fame e le nostalgie, le ire chiuse, gli
sconforti desolati marchiano indelebilmente il nostro
corpo, ulcerano la nobiltà originaria delle nostre forze
Odo con preoccupazione voci che volevo per sempre
ignorare, scruto con apprensione segni nuovi ed eloquenti. Ricordi universitarii: ebefrenia catotonia nevrastenia; sgangherati pensieri ansimanti per tappe di
insonnia nelle notti lunghe.

———

Mi fanno mutare ancora campo (questo si chiama
Hart, ed è nel mezzo dell'Austria, e c'è là in fondo
una linea verdazzurra di monti orlati dal colore più
cupo dei boschi, da cui viene all'anima un odor di
pascoli, albe dai rifugi, soste nell'andar vagando
per i monti della patria), ma non muta il ritmo di
amarezza di fame di orrore della comunanza coatta.
È mutata la stagione. E già il sole arde sulle baracche
torride, che si mutano in serre propizie al fiore della
noia. Il reticolato, campagna attediata sotto il cielo
uguale, afa ed uggia nelle baracche ronzanti, sudore
d'ozio, vuoto nell'anima e nel cervello.

(Oh ma sul mare natio vele rosse, pigre, scafi lenti
che s'abbeverano d'azzurro; nudità fresche delle montagne rabbrividenti di ruscelli ilari!).

Ed oggi è come ieri. Nulla muta. Oggi come ieri,
come domani. L'appello, la mattina, per le camerate

squallide, l'ispezione la sera perchè tutto sia buio nelle celle: fra questa parentesi l'inutile vita nemmeno più tesa verso un futuro che non si osa indagare, che penzola monotonamente aggrappata a ricordi immutabili ed esasperanti.

Trepestio, calpestio per i corridoi infiniti delle baracche congiunte, che prendono luce dal soffitto, e s'ha talvolta l'incubo d'esser già morti e seppelliti, cadaveri irrequieti, che escono dalle loro tombe a far quattro chiacchiere negli ambulacri con gli altri defunti.

Odio per colleghi che l'austriaco costringe a tuoi intimi, vaporar di umanità fetida e gretta dai cinquecento rinchiusi, gregge affamato ed egoista, corpi ventenni dannati all'ozio e alla masturbazione. Nè io mi sento migliore, pur se pilucco con presunzione grani di saggezza qua e là, pur se una rossa veglia di combattimento irradia ancora e consola la mia umiliazione d'oggi.

Anch'io ho appreso a giocare a scacchi; anch'io mi aggrappo talvolta al reticolato a soffiare il mio desiderio sulle donne che passano; anch'io cedo con rammarico il mio chilo di riso alla mensa comune come per un'elemosina coatta. E chissà che non vada anch'io a farmi imprestare dal collega il libro pornografico.

———

Ancora un trasferimento — ma questo albergo di alta montagna che c'è destinato, pur se prigione anche questa, con divieto di passeggiate e con reticolato intorno, apre alla vista un sereno paesaggio di monti, di pascoli, di boschi; ed una gaia masnada di servette unte e sculettanti, una giovine e solida ostessa ridestano istinti sopiti

Qui, almeno, qualche festa di cieli alla nostra clausura. Sere che spasimarono in nuvole di fuoco, rabbrividirono cupe in porpore cardinalizie sfioccanti sull'arco dei boschi, si spensero in un velo violaceo sul fondo della valle.

Sere dopo il temporale, che ruppe il cielo da ponente, ed un umido verde corse le cime i pascoli le trasparenze, invase la stanza, fluì sul cielo tempestoso (a quest'ora, sotto un simile cielo, Bologna arderebbe dolomiticamente nelle torri profondate sulla foschia delle nubi) — e pigri rannicchiamenti di nebbia (come prigionieri rassegnati) nei solchi delle valli laterali. Ansia di camminare in libertà per boschi e prati verso la meta magnetica.

Sere calme e fredde: tetto rosso, prato verde, cielo violetto e luna gialla che leva dietro gli alberi grandi, crudezza di colori come nell'acquarello giapponese di Utamaro. Nel cuore un taglio netto, senza refrigerio di sangue, spietato.

Sere d'oro uguale sulle ultime cime, mentre nuvole procellose cavalcavano per il cielo alto, e ferite recenti fluivano in porpora viva. Poi quell'oro diveniva un caldo lampeggio di rame venato di giallo — crepuscoli di guerra sulle alpi di Fiemme. E lo sta-

gno nel fondo della valle già monotona era un lucido
occhio fiso a quella festa dei cieli a cui s'affrettavano
dal mattino le felici nuvole libere.

[illegible]

Dunque solo colori di nuvole o eco di campani
accorati — non altro in questa lacunosa cronica di
sensazioni. E che altro? I colleghi che blaterano per
i pacchi viveri che non giungono, o ingabbiati dietro
il reticolato ululano la loro giovinezza inutile alle
donne che passano (la moglie del capitano di cavalleria, bionda, provocante nell'abbigliamento dai colori vivaci, occhi in caccia — la lattaia scapigliata,
unta e affumata, popputa e naticuta)? L'eco delle
voci che giungono a stento, perchè anche leggere i
giornali ci è vietato, e parlano di guerra e di rivoluzione? L'eco muore, ottusa, su questa spiaggia ma-
lefica.

Colleghi si son fatti, d'esser prigionieri, una ragione di vanteria. Sciorinano l'anzianità di prigionia.
Propongono le virtù del prigioniero ideale. Almanac-
cano uno stato giuridico del prigioniero, con ricordi-
fonti dei campi ove sono passati, dei superiori austriaci
o italiani, delle bizantine questioni di mensa. Se il
salame cali per evaporazione della superficie. Di
quanto si asciughi la marmellata. Se chi non riceve
viveri possa acquistarne da chi ne riceve troppi.
Fanno della propria cella un salottino o un camerino
da saltimbanco (questo dipende dal gusto: orrore di
camerette decorate con festoncini di carta colorata e

con rosette di cartoline illustrate!) con una cura che tradisce un ripugnante amore per questa dimora coatta, e si fanno venire dall'Italia mille futilità mille chincaglie, e non c'è ansia di libertà o di patria nelle loro parole se non espressa con desiderio di più lauto cibo.

E quando saranno tornati chiederanno che s'istituisca un distintivo per i prigionieri.

Non essere ingiusto (non spasimi anche tu, spesso, di libertà per la pienezza d'amore che ti promettono le sue cartoline galeotte?). Ci sono i puri, gli sdegnosi, i frementi. Quelli che caddero prigionieri perchè la morte non è il terzo stadio necessario dopo l'olocausto e la fame, perchè rimasero al loro posto quanto tutto d'intorno crollava, e non giovò loro rovesciar pietre sul nemico dopo aver finite le cartucce, non giovò loro ritrarsi per aspre creste di montagne, combattenti inutili e oscuri per giorni e per notti (e qui sia concesso al mio spirito di corpo ricordare i fieri battaglioni del secondo alpini che difendevano il Rombon, per i quali sembrano state scritte le parole del Mallarmé: « i più rantolarono nelle gole notturne, inebriandosi della felicità di veder scorrer il proprio sangue, o Morte unico bacio alle bocche taciturne ») — finchè, non il nemico, ma la fame e l'innocuità del fuoco li consegnarono alla tortura senza pari, ma la ferita li paralizzò sulle strade perdute, ma la rivoltella fallì all'ultimo colpo che doveva annullarne nel sacrificio supremo la vita. Adesso, fanno la cura.

Fare la cura vuol dire digiunare volontariamente, o inasprire le ferite avute, o cacciarsi a letto tre mesi per simular la sciatica, o arruffar vita ed azioni per fingere la pazzia, e inocularsi veleni ben dosati, e aspirar zolfo, e masticar caffè — per ridurre il proprio corpo nelle condizioni sufficienti perchè i medici lo giudichino invalido, e tornare così in Italia; ma perchè il sole d'Italia e i cibi d'Italia cancellino subito le traccie simulate, e si possa tornare ancora una volta al battaglione, per Dio, dove vivere è buono e rischiare la vita è divino, dove si è uomini e non bestie ingabbiate, dove esalteremo questo violento amor di patria che ci pare nato per la prima volta qui nella terra straniera, suscitato dall'impotenza e dal rancore e dall'odio.

———

Suono di corno verso i boschi goffi
aggrappati alle cime violette.
Dal sangue delle nuvole che soffi
caldi a traverso le finestre strette!

Anima, rivedere il campanile
intagliato sul fuoco dei tramonti
dalla finestra aperta sull'aprile
contro un azzurro dondolio di monti,

le sere che veniva dai cortili
odor di donne e di risciacquatura
e cucivan le rondini con fili
ratti una coltre sopra il cielo oscura!

Caldi soffi di vento sull'accidia
della mia triste pubertà scontrosa

fantasticante una sicura insidia
per coglierti una volta, e paurosa

di farlo ! Scivolava sull' attesa
vana l'anima con brividi molli :
ma tu, più savia, per la sera accesa
mi preferivi un altro su pei colli.

Ora egli è morto, forse sul Podgora,
forse ad Oslavia. Che gli importa adesso
se con più accorto desiderio ancora
tento la tua dimenticanza ? Ha messo

le scarpe al sole ; lo stroncò la bomba
sotto il groviglio dei reticolati
male abbattuti. Forse non ha tomba,
misto al carname degli abbandonati

fra due trincee. Lo penseremo un poco
- ma per vizio - le sere di languore
che saremo un po' stanchi per il giuoco
lascivo e triste del mentito amore ?

Una sera che il rosso delle torri
e del cielo e delle rose ch'essa teneva nel grembo
riverberò sul suo viso proteso segnato d'azzurro
in cerchio allo stupore degli occhi .(laghi taciturni
rabbrividenti sotto la cenere del crepuscolo
e su la riva il focherello del bivacco
anima mai stanca di vivere in ciò ch'è passato) —

una sera che sazî d'amore, nelle vene il veleno
della stanchezza, e menzogna nei nostri
volti intenti a scrutare
le irrevocabili lontananze
dei pensieri dell'altro — ma invano, i silenzi
profondavano abissi
di vertigine — sole le rose
fiammeggiavano sincere sul suo grembo —

pensai che il sangue dei combattimenti
accolto per il cielo si versasse
sul suo viso proteso, sul suo grembo
— il sangue delle sere combattute
che nuvole accorrono
all' adunata tamburreggiata sul cielo
da invisibili mostri
ed un'accoratezza di viola
imparadisa le lontananze,
terra di morgana imbatufolata di nebbia —

che anzi io stesso con le mie mani impure
che avevano ucciso, col mio
cuore impuro che aveva
teso l'agguato, col mio
corpo impuro che aveva
toccato i morti che aveva
dormito sui morti che s'era
accomunato coi morti
nell'immobile angoscia del bombardamento
che d'attimo in attimo
moltiplica la fioritura
rossa sulla carne distesa —

io stesso avessi polluta
di sangue la mia dolce amica. Non forse
rabbrividiva ora essa d'orrore? Non forse
era atrocemente turbato
lo specchio degli occhi segnati da un cerchio d'azzurro?
— Già vidi cadaveri gonfî
verdi sull'acque immobili dei laghi
fissare con occhi sbarrati
l'indifferenza dei cieli.

Ancora una partenza. Se la serena vista delle montagne aveva lenito, talvolta, lo spasimo, si riaffonderà più netto domani per la partenza, nel viaggio sotto la scorta delle baionette, schiavi sotto l'occhio curioso del nemico — affamato lacero sconfitto, sì — ma libero.

All'arrivo a Sigmundsherberg una zaffata che prende alla gola di uggioso di nauseabondo di costretto, che emana dai corridoi infiniti e puzzolenti, dalla turba dei prigionieri, dall'ininterrotto calpestio d'un gregge affaticato a procurar cibo ed agi alla sua povera vita vuota.

E non s'indovinano i puri, gli sdegnosi, i frementi nella squallida folla che pullula nel baraccone.

Il mio vicino strimpella monotonamente per ore ed ore sulla chitarra motivi da operetta, da osteria, da folla domenicale stipata a prender il gelato s'una piazza polverosa. Al di là della parete m'è ignoto il viso, non l'anima del prigioniero esasperante. Non il cielo bigio, non le case sfumate nella nebbia, non la sentinella dietro al reticolato sono così tristi come quel grattare. Attesa davanti a una porta sotto un portichetto fetido. Pomeriggi nei bordelli. Numeri del lotto in un botteghino dei sobborghi blateroni. Cacature di mosche su dolci stantii in una vetrina oscura.

Il mondo è corso da brividi così profondi che giungono anche al fondo della nostra prigione, lievito di rivoluzione gonfia, invano soffocato, uno spa-

simo di vita nuova batte anche ai cancelli nostri
e ci fa tendere nevrastenicamente le braccia nella
impotenza dello sforzo. Ma il mio vicino — e i cento
reclusi che sono come lui — non dànno altra eco che
un chitarrare ansimante dietro motivi idioti.

Ma s'è riaperta, proprio adesso, la scuola di ballo
— oscenità del dondolio dei balli esotici serrato nei
pantaloni grigioverdi. E s'è fatta anche la festa da
ballo. Ed ha avuto successo il veglione — e peccato non se ne possa fare un altro. Intanto si ram-
memorano i fasti dei veglioni passati. Tu non c'eri?
Cos'hai perduto! C'erano dei maschietti del novan-
tanove vestiti da donna che si dimenavano sotto gli
occhi lucidi dei colleghi. Ci sono state delle scene
di gelosia, dei corteggiamenti. C'eran quelli che a far
la donna ci avevan preso gusto, stavano tutto il giorno
seduti sulla finestra in spoglie femminili a cucirsi dei
corredini trasparenti, e civettavan con i dami che se li
contendevano. Ci fu uno che andò al comando au-
straco a protestare perchè l'altro non gli voleva più
bene. E alla sera, champagne e abbracci. Cos'hai
perduto!

— Non ci saresti venuto? Avresti fatto male. Dimenticare bisogna, qualchevolta.

Già. Ma allora comperai del Tokai e mi chiusi
in camera con i due amici taciturni, e in fondo alla
bottiglia ritrovammo la nostra guerra scarpona e il nostro
ritroso orgoglio di combattenti.

1 novembre.

Libertà.

———

2 novembre.

Nebbia, pioggia lenta nel giorno dei morti. Ma chi pensa oggi ai morti, che i reticolati sono abbattuti e la scorta è fuggita e abbiamo noi le sue armi?

Impressione d'essere stati turlupinati da questo paese in isfacelo che pur traballando sulle sue rotaie ci ha tenuti dentro fino a ieri, e ieri mattina ancora c'era un sorteggio per vedere chi doveva esser trasferito ad un altro campo.

Non so come bevano la libertà inattesa i miei colleghi. Faccie ilari per la sfangata nel paese e per la ragazza brancicata dietro la siepe — facile eroismo d'architettare una fuga per il paese che crolla come una trincea di sacchetti che il fante riempì di neve invece che di terra, rimane seppellito uno, il piccolo posto resta allo scoperto, grida il buon bosniaco dall'altra parte: — Se ghe fato mal qualchedun?

Ma questa è storia antica. La guerra è finita: ed io non ci sarò stato con gli ultimi battaglioni all'assalto, a dilagar per le strade note, a ricalcare il cammino della cattività, a risalire le montagne della mia vigilia e della mia fede.

E la libertà m'è un poco triste; amarezza di rimpianti è in fondo a questo senso enorme di sollievo.

Creiamo adunque questo simulacro di riconquista,
battaglione armato nel cuore dell'Austria con le armi
tolte al nemico, picchetti e pattuglie, ancora le regole dell'ordine interno e del servizio in guerra; fa
bene questo risottomettersi ad una disciplina nostra,
gli ordini chiusi scattano sul presentat'arm come una
buona molla che s'era lasciata inoperosa. Non c'è
ancora armistizio, sulla fronte; forse domani — che
sappiamo noi di ciò che avviene laggiù? — un colpo
di fortuna ridarrà un po' di baldanza al nemico e allora il giuoco sarà serio, per noi.

Armistizio. Stamattina, alla stazione, in un croc-
chio di soldati nostri, un ufficiale austriaco, gentile,
traduceva in ansimante italiano le severe condizioni
del trattato.

Ma il treno di Vienna riversa una turba di gente,
uomini, donne, soldati, signorine, con sacchi e sporte,
che vengono a mendicar da noi pane e viveri e indu-
menti.

È la pace dunque. Claudite jam rivos. Quello
che pareva sogno impossibile nelle veglie di trincea
s'avvera. Ancora questa pelle appiccicata a queste
ossa sane, dopo la tremenda barriera, dopo la vele-

nosa gora della cattività che tanti buoni soldati ha stroncato come la granata e la mitragliatrice. Ed ancora la vita, davanti a me. Riappare dinanzi agli occhi quel futuro che s'era abolito fino ad ora; di nuovo una grande strada per gli occhi rapaci dove prima un reticolato chiudeva il presente; di nuovo metter fuori la testa e guardare le possibilità del futuro senza paura di prenderci una pallottola.

Ritorna la vita con donne e letti pigri e agio di cibi. Tran-tran uguale che non prevede urti. Quegli che accumulò con cura l'adipe intorno alla pancia imbelle diviene ora simbolo del tempo nuovo ed esempio a cui dirigere la meta e l'anima. La vita, non più trampellata alla giornata, e miraggio alla buona fatica soltanto cibo e giaciglio asciutto; ma agevole in caccia tranquilla al denaro, dove quell'adiposo ha vantaggio di corsa sulla magrezza di chi patì la guerra.

Turbinare di neve nella notte sulla landa glaciale.

E alla luce neghittosa dell'alba il piano e le baracche candide a gambe larghe fumano il loro tedio.

(Così, le mattine del novembre scorso, prima di ficcare scarpe e fango nel saccopelo, un'occhiata intorno a concludere la veglia notturna).

Sarà, questo, il nostro male. O il nostro bene — ma irrimediabile: avvinti al nostro ricordo, in perpetuo, e che ciò non divenga un supplizio come del vivo legato al cadavere. Come è possibile che dalla trista vicenda di angoscie di sofferenze di atona attesa d'una fine qualsiasi — pace morte ferita —

così soave nostalgia si sprigioni che tocca con dita lievi il cuore ed avvia per smarrimenti voluttuosi ?

È possibile. Un tronco d'albero con la sua barba bianca dalla parte di tramontana, una scia di luce sulla neve uguale, una voce lontana che scivola sulla taciturnità della landa; e momenti definiti del passato rispondono a quel richiamo: nomi di soldati morti, un atteggiamento di vedetta, un frusciare di pioggia a crepuscolo sull'angoscia d'esser troppo pochi dietro il reticolato scarso.

Nostalgia.

Ma questo è tutto quello che portiamo con noi, il nostro fardelletto di smobilitati. Gli altri sono già affaccendati nella vita che sarà anche la nostra di tutti i giorni, la corsa al denaro agli onori alle cariche; alcuni s'atteggiano a combattenti, anch'essi, usurpano la purità del nostro titolo d'onore e di superbia. E fra noi e loro c'è un mare di merda. Bisognerà dunque attraversarlo, idealista impenitente, innamorato del mestiere rischioso a cui ti avevano chiamato, fedele a un sogno di bellezza che ti faceva respingere l'imboscatura come una rogna.

« C'era una volta un soldato che tornava dalla guerra, che non aveva per le tasche che tre soldi. » Tre soldi avevamo salvato, tre soldi di poesia di bontà di sacrificio e dovremo gettarli nel mare fetido per poi buttarci dentro anche noi.

E quando saremo di là, guarderemo in faccia gli altri con occhi aridi, che non si velano più. Non ce

la daranno ad intendere più. Parleranno ai banchetti
ufficiali le frasi rotonde della rettorica: ci saremo noi,
taciturni, in fondo alla tavola, col nostro scherno
freddo. Proclameranno ai comizî i progetti utopistici
del capovolgimento, provocheranno al facile eroismo
della folla che abbatte un idolo: le nostre orecchie
vaglieranno, accorte, l'onda galeotta delle belle parole.

Perchè amarezza è in fondo al cuore, malinconia
indugia alle soglie delle nostre decisioni. Nelle veglie
di combattimento, dopo l'ubbriacatura della battaglia,
nella serie delle parentesi di riposo e di servizio, la
nostra vita era come un correr di razzi lungo le linee
notturne, alternativa di lampi e d'abissi tenebrosi, visioni improvvise di possibilità enormi spalancate —
strade di luce — alla nostra volontà, terrori brevi di
un potere immane fuor di noi che valesse ad annul-
lare ogni sforzo. Zone grigie dell'anima, zone neu-
tre dell'azione, eran pause rare e tosto superate in
quell'intensità di sentire. E non s'avevano nè sogni
nè rimpianti, ogni nostro senso era saturo del presente,
buono od atroce che fosse, e solo il gesto definitivo
era utile e solo l'attimo decisivo. Immediatezza, mo-
mentaneità dell'azione — vanità di costruzioni ideo-
logiche, ironia di conclusioni illogiche da premesse
faticose. Pareva possibile il successo all'audacia più
imprevista, vedevamo poter esser negata efficacia alla
più meditata pedanteria; crolli delle vecchie esita-

zioni, tubo di gelatina della decisione che sconvolgeva onorate reti di tradizioni e di dubbio. Una legge sì c'era, ma fuori delle povere previsioni, ma che poteva essere sforzata dalla temerarietà d'un gesto, cui non avrebbe piegato il normale senso comune — legge d'intuizione e non di metodo, legge dispotica e insofferente di compromesso.

Invano teste burocratiche cercavano d'incasellare quell'èmpito negli schemi uguali, colonnine specchi avvertenze — traboccava esso con il vigore e l'illogicità della giovinezza, consacrava la bellezza dell'impreveduto, esprimeva il valore immediato delle virtù del corpo e dell'animo nell'esperimento quotidiano.

E pensavamo che questo dovesse essere il dono perpetuo della nostra vita, moltiplicata nel ritmo, tesa ad una meta al di là d'ogni termine; e andavamo fingendo quelle possibilità enormi per il dopo guerra.

Non è così. Terminata la battaglia, accorrono da ogni parte i corvi ingordi e gli sciacalli pavidi e gli scarafaggi filosofi che si tennero in disparte e dicono: Basta, la parentesi è chiusa, cerchiamo di trar il minor male possibile da questa guerra, ripigliamo le regole di prima, peccato che ci avete guastato tante istituzioni e lasciato tanti debiti, bè, speriamo di rimetterci bene in piedi, per vivere adesso si fa così e così, partenza e rotaie e stazioni e caselli fissati lungo la linea.

E le vele gonfie dell'animo cadono, a un tratto. Non sappiamo dire che cosa attendevamo dalla bella pace, ma non è questo, ma non è questo.

Come quando si cammina per una cresta agevole verso una mèta magnetica, e ci s'apre d'improvviso di fronte l'abisso che non si può varcare. Sapevamo che l'azione nostra soltanto era arbitra e fucinatrice degli avvenimenti; dal brulichio enorme alle nostre spalle giungevano troppo deboli voci, a noi solo intenti al risonare della barriera ostile che percotevamo. D'un colpo, tutto è crollato. Attoniti udiamo il frastuono del nuovo mondo, or che s'è fatto silenzio in noi, e il cuore è gonfio d'echi irrevocabili.

Vengono i piccoli uomini che noi urtavamo del gomito durante i quindici giorni di licenza, e ci strizzano l'occhio.

— Poeta, hai finito di fare il poeta? Ho una bella bambina, per te, ed un affare. Oh Dio, la bambina non è quella che ti mise le corna mentre eri alla guerra, e l'affare è un po' sudicio. Ma se vuoi campare, devi prendere anche gli affari sudici, e se volevi l'amore fedele, non dovevi andartene.

Viene quell'altro, in uniforme, e ti stringe la mano:

— Collega, siamo dunque colleghi, non ti ricordi? Ci siamo meritata questa pace. Ti rammenti Novaledo, le alpi di Fiemme, le Melette? — Già, è vero. A Novaledo c'era per copia conforme, alle alpi di Fiemme stava col carreggio, dalle Melette partì quando cominciò il ballo. Ma adesso è nostro collega, e to', ha anche il nastrino con la stelletta d'argento (mattacchione, nemmeno il bronzino gli è bastato).

Viene quello che succhiò dai testi tedeschi la

scienza che oggi gli dà il titolo accademico e il diritto di pretendere più lauto stipendio da quello stato che non sentì il bisogno di difendere quando il rischio batteva alle porte — doveva essere ancorato bene, se nemmeno Caporetto lo disboscò — e dice:

— Che cosa hai fatto di buono? Hai vinto la guerra e il pane cresce di prezzo e lo zucchero scompare e il carbone non viene e la Dalmazia non ce la dànno. Fesso, valeva la pena che facessi il fesso su per la prima linea.

Ahimè — chè viene poi quello che l'ottobre della sconfitta disviticchiò dalla sua nicchia, a cui una legge oscena impose il grado d'ufficiale suo malgrado, e questa volta ha ragione lui, che può parlare di Piave e di Grappa e dell'impeto per le forre conquistate, lui che alla guerra fu cacciato riluttante e ne sa solo la bellezza e l'entusiasmo, con il consentimento del paese al tergo, con tutta la generosa ricchezza di mezzi e di conforto d'una nazione che s'era finalmente decisa a voler vincere la guerra. Tutto questo, e solo questo ha avuto. E guarda con disdegno e con pietà perchè noi non abbiamo questa guerra nel nostro passato.

L'altra, abbiamo. Quella dei reticolati strappati con le mani o intaccati con forbici da giardino; quella dei superiori che sfottevano e delle azioni fatte per riempire un comunicato; quella lacera e famelica delle ritirate da proteggere, o il gettito allo sbaraglio perchè il nemico aveva rotto e bisognava fermarlo a tutti i costi; quella delle vittorie ignote e delle ritirate senza fine amare — quella senza turni di riposo e senza doppia licenza, senza decorazioni e senza propaganda. Ma quelli che tornarono dalla prigionia, li parcarono nelle baracche di concentramento sotto la guardia degli altri soldati.

E viene anche la soave amica che promise finchè s'era lontani il dono meraviglioso e dice:

— Perchè tornate così tardi, voi di fanteria ? Tutti gli altri sono tornati; è tornata la cavalleria, è tornata la fortezza. Troppo tardi tu torni. E sai, tu non pensavi che alla guerra, e io dovevo pensare ai fatti miei. Ti presento il tuo successore. Oh Dio, non è un guerriero, ma adesso che la guerra l'avete vinta — voi valorosi, che bravi ! — sono buoni anche quegli altri. E poi, sai... è meglio che ti metta in borghese anche tu.

Rattristarcene, colleghi che avete sentito tutti questi discorsini quando siete tornati ?

Ma nemmeno per sogno. È giusto. È giusto che chi non era con noi s'affanni a sminuire la guerra, parli d'una psicosi di guerra, sfrutti la facile stanchezza delle parole eroe grigioverde trincea, ami considerare la guerra come un'enorme mattana quattrenne da cui la sua saggezza lo tenne lontano.

Ma noi che sappiamo di quanto hanno amputato la propria vita, compassioneremo, soltanto, questi mutilati, che strillano solo per coprire — forse — il rimorso, che si ricercano e si contano per trarre conforto dal numero a deprecare più forte. E nemmeno ce ne vanteremo. E nemmeno li provocheremo. Vuoi cazzottare un cieco perchè non ammira il tuo quadro?

Un abisso ci separa, che mai nessuna comunione di fede, nessuna comunanza d'interessi ricolmerà. Gli abbiamo conosciuti. Sappiamo con che tremore si abbarbicarono alle ginocchia di chi poteva tenerli lontani, con quale minuzia scrutarono i segni delle malattie sofferte per trarne l'invalidità, con che cavillose rinuncie tapparono orecchie e coscienze al richiamo della vita che veniva di dove il rischio la nobilitava. S'allegrano di aver salvato la pelle, e debbono soffrire che noi pure l'abbiamo riportata a casa; credono di averci guadagnato in salute e in denaro, e non vedono quanto ci hanno rimesso in valore e in dignità; pensano di essere ancora buoni cittadini, e non s'accorgono che furono null'altro che disertori, disertori a freddo, disertori senza nemmeno la scusa di essere anarchici, assai più disertori e più fucilabili — essi colti e saturi di civismo — del montanaro selvatico a cui i concetti di patria e di dovere erano oscuri, e fucilammo la notte di luglio perchè s'era sottratto all'orrore d'una battaglia dopo averla fatta per tre giorni — e dopo due anni di guerra.

Ci giova ch'essi non siano stati con noi. Il loro numero e la loro mediocrità morale sono il piedistallo del nostro orgoglio.

———

Ma se ci incontreremo in due che abbiano battuto lo stesso cammino, troveremo sempre un angoletto ove

trarre dal ricordo e dal vino chiaro il conforto dei buoni
tempi passati. Respireremo ancora il fiato delle abetaie
e della battaglia; richiameremo a banchetto con noi i
poveri morti dimenticati. (E quando quegli altri stril-
leranno le parole della grande Italia io vedrò sotto le
loro gambette, che non invischiò mai il fango di lassù,
il mucchio enorme dei morti — il teschio che ghigna
accanto alla carogna verdastra dell'asfissiato come nel
vallone dell'Agnelizza.)

Dimenticheremo per un poco, nell'evocazione, di
avere dovuto attraversare il mare di merda. ·

Non lo attraverseranno i miei alpini, per i quali,
dopo queste sbornie del congedamento in cui si credono incommensurabilmente felici, la guerra continua
— riprende.

Gioia di poter comandare litri più litri all'oste che
era sergente maggiore e faceva scattare, ma adesso è
lui che deve obbedire al comando del congedando,
gioia di non aver la ritirata che aspetta, e poi uscir
fuori per il paese quando c'è tanto vino anche nel
cielo, e persino le nevi delle montagne sono colorate
di terzanello, e c'è la Gusella del Vescovà lassù mat-
tacchiona che sembra un dito immerso in quel vino per
far l'assaggio — e cantare la canzone dello zaino
affardellato che s'è finito di portare e far echeggiare
i portichetti del monologo-sollievo: — Son borghese,
ostia! Çinque ani digo, dormir su la paia e nel fango,
e peoci po' digo, in mònega, in malora ti, çinque ani,
senza spoiarse, e peoci... El xe finio de saludar i

ufiziai se ghe ne incontro; justo lori, volemo parlar
quando che se incontraremo, e ti no, no te me mandi
più a la preson, porçel d'un...

— Varda che i te ciama.

— Ostia! Comandelo, sior capitano.

— Bè, Durigàn, cosa vuoi dire al tuo capitano
adesso che l'hai incontrato?

— Sior capitano, me fa piasser de darghe la man
ancora 'na volta. Lu el xe sempre sta tanto bon, tanto...
e i altri ufiziai, anca, poareti, tanto boni, tanto. Lu
el me capisse, ostia, gò beù un fiatin, no poso desbro-
iar la lengua... Se ricordelo, sior capitan, quando che
son sburlà zò in te la trincea che gera drento i todeschi,
i me voleva copar, sti fioi de cani, a mi, n'alpin vecio,
picoleto sì, ma vecio, ostia... varda to pare!

> E tu Austria che sei la più forte
> e fatti avanti se hai del corajo...

E Durigàn canta a squarciagola in onore del suo
capitano la canzone dell'assalto, Durigan che voleva
prima parlar ben chiaro al suo capitano, per tutti quei
cinque anni di pidocchi e di stenti, ed ha adesso invece
gli occhi lustri e contenti che il signor capitano gli
ha dato la mano e sta ad ascoltarlo sorridendo come il
giorno di Pasqua sul Setole, che c'era una tormenta
infernale fuori, ma dentro al baracchino allegria e
vino e canzoni intonate da lui, Durigàn. Alto giusto
come una gamba di Bellegante, ed amici indivisibili.
Andavano insieme a prendere i gabbioni, si mettevan
in marcia col gabbione infilato nel bastone, il piccolo

davanti, il grande indietro, su per la salita parevano creati apposta per quel mestiere

Ma domani, che cosa ti resta da fare domani, Durigàn, se non riprendere il cammino della Svizzera? E Degàn ripartirà per le cave d'oltralpe a batter il pistoletto, Da Sacco riprenderà gli arnesi da fabbro per la botteguccia di Salisburgo, Pellin andrà a vedere se la sua *tirola* ha fatto zaino a terra senza il suo intervento, Mezzomo guiderà ancora i carri su per le strade gelate, Zanella cercherà invano la casa sul Piave che la guerra gli ha spianato e partirà anche lui, dietro agli altri, per le miniere o le strade d'oltralpe. Ricominceranno docili alla ferrea necessità di vivere il lavoro tenace e solitario, su per la montagna nemica, nella miniera insidiosa, fra la gente ignota. E scenderanno la sera nel pozzo come s'avviavano sereni al loro turno di vedetta; e abbatteranno i grandi alberi per le chiuse di fondo valle come li abbattevano per farsi i ricoveri della guerra. Ma saranno più vecchi e più stanchi: risentiranno dopo le acquate, e quando cambi il tempo, nelle membra pur giovani e nei solchi delle ferite le punture dei reumatismi nati dal fango dalla neve dal pacciume di quattro anni

Senza domandare nulla. L'alpinaccio massiccio che dalla cima notturna rotolò sassi e imprecazioni sulla pattuglia nemica, e salvò la montagna e la linea, e chi sa quanto della sorte della guerra fu nel suo gesto, emigrerà ignoto verso il suo rude destino, senza avere preso nemmeno la medaglia. (Naturale. La medaglia l'avrà presa il tenente della Divisione che è venuto il giorno dopo a vedere la posizione, e con i bei gambali gialli ha allettato il Cupola a tirarci addosso i suoi sbibboloni da 152. Ma il tenente Moschini che ha dovuto saltar fuori per far riparare la truppa e che ha avuta spezzata una gamba, quando è tornato dall'ospedale l'hanno cambiato di battaglione. Diceva il capitano Busa nel cerchio dei suoi puteleti, come li chiamava lui da quando alla compagnia non aveva che degli ufficialetti del '98, ai quali impartiva saggezza e aforismi : — Ricognizione per l'ufficiale dei comandi vuol dire venire in trincea, e prendersi una medaglia. Per noi vuol dire uscire dalla trincea, e prendersi una pipa).

E l'altro che fatto prigioniero si divincolò, combattè con le unghie e con i denti, e uno dei nemici accoppò, e l'altro ricondusse con sè, porterà il suo feroce istinto di libertà sulla cima ardua a perseguire con corda e piccozza il filo fragile della cresta, tirandosi dietro l'inglese che lo paga per questo.

Dilegueranno — minatori pastori carrettieri boscaiuoli. Non firmeranno nessun memoriale, non scenderanno a comizio, non brigheranno un posto alla pappatoia dello stato. Non li troveremo più se non andandoli a cercare sulle montagne o fuor dei confini. Ma saranno gli uomini che il giorno che la miniera crolla ricercheranno con il solito coraggio freddo sotto la minaccia i cadaveri dei compagni — che partiranno

nella tormenta a ricercar gli sperduti; che saranno
nudi nel fondo della galleria, o morsi dal freddo nel
bosco invernale, o esiliati sulla cima brulla a rotolarne
sassi, o ansanti a battere sul pistoletto per aprir le vie
delle montagne, o travagliati ai cìdoli, o arrancanti
dietro ai carri dei tronchi: e il giorno che il Re man-
derà a dire che bisogna tornare a mettersi in fila e
marciare per quattro si ricalcheranno in testa il cappello
con la penna con qualche bestemmia innocua, e non
domanderanno d'imboscarsi. Tutt'al più domanderanno
di passar conducenti.

> Ed il Re ci manda a dire
> che si trova sui confini
> e ha bisogno di noi alpini
> per potersi avanzar....

Prezzo: L. 8

AUMENTO 10 %

Lightning Source UK Ltd.
Milton Keynes UK
UKHW050816300920
370791UK00007B/457